U0910764

黑丰 著

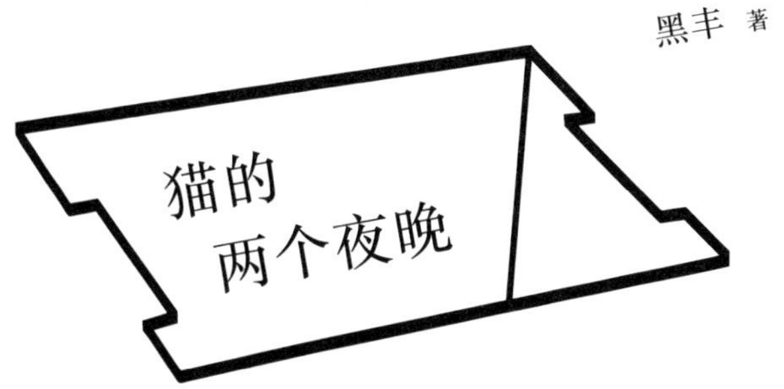

猫的两个夜晚

北京出版集团公司
北京十月文艺出版社

黑丰

诗人、后现代作家。湖北公安县人。

主要著作有：诗集《空孕》《灰烬之上》《猫的两个夜晚》、小说集《第六种昏暗》、随笔集《寻索一种新的地粮》《一切的底部》等，作品被译成英语、法语、罗马尼亚语等多种文字，发表于海外。2016 年，获得罗马尼亚第 20 届阿尔杰什国际诗歌节“特别荣誉奖”。现为北京某文学杂志资深编辑。

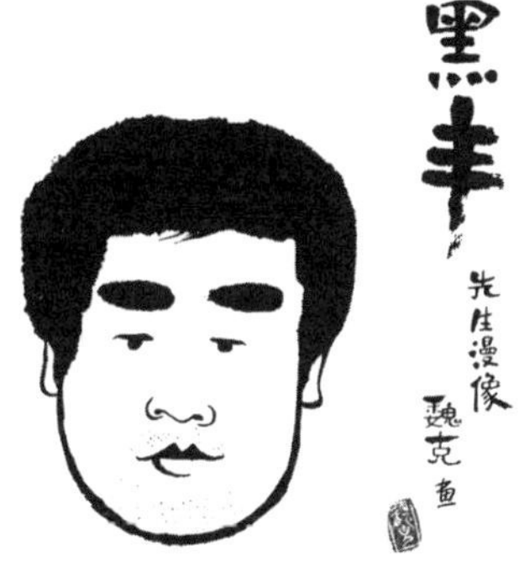

克爾凱郭爾：愿意努力工作者创造出他的父亲

二〇〇九年一月二日書於北京通州宋庄鎮邢各庄村

序

蝶　变

黑　丰

归零。

一切皆空。

这是一种感觉。完成一部（首）作品之后或开始一部（首）作品之前，都有类似这样的一种感觉。仿佛从未写作。心如处子。

什么叫归零?

归零，就是回到原处，回到低地，回到泪点，回到底部。

一切写作，都必须回到这里。写诗，更应这样，必须回到低处、回到泪点、回到大海的底部。

重新结丹，制作一粒药丸，给自己吃。

重新吐丝，结网，布阵，耕耘，收获。

回到泪点，但不是回到晦暗的盐碱地，不是回到孤绝的沙漠；回到泪点，即回到苦众之中、回到自己的黑暗里、回到一只知更鸟的午夜，去抢救一个“词”（或词根），去抢救因大雪压境濒临灭绝的梦虫和弱民的呜咽，而不是去拯救一个玩能指的“句子”，不是去拯救一篇雄文，或一个意识形态化的“共通体”。不能让一个“词”（或词根）咯血和昏厥，不能让它们没有尊严，不能让它们冷、再冷，更不能让其沦陷和消亡于泛滥成灾的语法、指令、词牌和堆砌的辞藻中。词语正在加速堕落、异化和沙化，“词语一再碰撞冰凉的石境”。词语的尖叫就是全部。

词是什么？

词是诗的“个别”细节，词中隐匿着我们祖先的眼睛。一首诗从构思一个词、从构思一种“个别的事物”（海德格尔）开始。构思，但必须体现一种词的蝶变。

词，从本质上看，它既自转，又公转；既所指，又能指；既遮蔽，又敞亮。

一首诗不是高高在上的、鼻孔朝天的。

它是低俯的，诗在低地、低处；在词的根部。

有时，低处，就是高处；一切的底部，也就是一切的峰顶。

而一首诗必须是从底部涌至峰顶、从泪点涌至恩点的。循环往复。恩点是“全部泪水都升上天空”[1]的前提，

1 ［法］E.M. 齐奥朗：《眼泪与圣徒》，沙湄译，商务印书馆，2014 年 1 月第 1 版，第 3 页。

同时，恩点也是泪点不被沙漠化、不被盐碱化的可靠保证。不然，泪水就成了人的受难的永夜、人的永远的渊薮，泪中就永远只有血腥和历难。

在一个词中，见证真理。

而每一首诗，又必须是一个又一个的“蝶变”过程。从唐诗到宋词到元曲到现代诗，一次次“蝶变”。

归零，是“蝶变”的前提。蝴蝶必须回到“一棵树”，回到它的内心、回到它的根部。暗能量在这里涌动。到时说有蛹，就有了蛹。蛹化蝶。“蝶”是从潮湿的泥土、从根部、从树心飞出来的。它的光艳耀眼、摄魂夺目，它的变化无穷。它飞得像没有一只蝶在飞，飞得像一个梦幻在飞，飞得像一个天使在飞，飞得像一个圣灵在飞；这是一只忧郁而惆怅的蝴蝶，这是一只升空的蝴蝶，这是一只超拔于平仄和语法、指令的蝴蝶，这是一只读过《圣经》的蝴蝶，这是一只饮鸩止渴的蝴蝶，这是一只穿越《离骚》和踢踏了乌龟戾气的蝴蝶……

它的一翼向内、一翼向外，它有点玄幻，而它的身体却是处于“中道”部位的。它飞得扑朔迷离。它将飞往哪里？东土西土。未知。

这就是诗。

好的诗有很大的区域是未知的、晦暗不明的。

一个诗人必须抽丝，结茧，成蛹，化“蝶”。“蝴蝶”是最后的美丽，但不是全部；“蝴蝶是这个下午的一半/另一半，我想起了落叶叫喊”[1]。“落叶叫喊”是“蝶变”的全部根据。西班牙诗人安东尼奥·马查多认为“诗歌是忧郁的载体”。但仅限于“忧郁”是不够的，诗的一翼可能是忧郁的、是“落叶叫喊”，另一翼却是白日梦的，甚至直指“形而上”、直指“前语言”。“前语言”是什么？即那种我们永远无法言说的“言说”。

> 所有写作最终在于指向并言说一种不可言说，指向并言说天地万物之深奥。指向并无限切近这种感性背后最本质的存在。指向并非沉默论者维特根斯坦在《逻辑哲学论》中之所谓“对不可言说的必须沉默”。
>
> “如果存在某种不可说但对人类意义深远的真实，那么，人们怎么能言说这种真实呢？不可说的怎样变得可以说？”这就是一个问题。这个问题由哲学家H-奥特提出并在他那里解决，“在此重要的是不可说的必须作为不可说的说出。‘不可说性’、神秘没有被消除。”——那么，如何使“不可说的”作为“不可说的”说出，又保持了它们的“不可说性”与“神秘” 呢？（见拙作《一种地理的言说》）

1 沈天鸿：《蝴蝶》，《望江 9 人诗选》，汪治华、张建新主编，香港中国理想出版社，2014 年 1 月第 1 版，第 9 页。

这就是诗的“深度形式”要处理的。

深度形式-“震惊”，一直是我所追求的，也一直深深地折磨着我。因为我一直追求思想的深度。其实，形式与深度并非水火不容，不是分裂的，它们是一体的；还有形式与内容也不是分裂的，也是一体的。并且我确信：形式就是内容本身。一种具有思和启思的形式，是存在的。这种“深度形式”尽管不能一蹴而就，却能启智、引发无穷的“言说”。所以，它一直陷我于沉思之中，不敢有须臾的懈怠。

究竟如何才能创造或发现这种“深度形式”？

首先你的根须必须牢牢扎于一种“磐石之内”，这一“磐石”就是艺术的源头，“创作的起源比创作的结果来得更重要，而演变又远优于存在”（歌德），这实际上是向后看，写作总是向后的，向后就是在始祖鸟化石的原欲中谛听上苍的中音；其次是向内，向内就是朝向生命的黑暗内部，回到自身的“牢笼”，一旦我们的写作“归零”，就必须回到这里，在这里成“蛹”。我相信“蛹”的能产和暗物质的不可穷尽。“深度形式”必然从内部诞生，“来自事物最内在的叫喊和欲望”。（见拙作《一个逼近天造的我的永梦》）

我们的诗，不是修辞不够，我感觉修辞似乎表现过剩，动不动就堆砌，倒是深度非常欠缺。必须深，一深，再深……因为大雪还在加强，寒意还在加深……所以一首诗必须高度精警和最大限度地体现生命内部的“雪崩”（或生命事件），体现一种冰的火。一个诗人绝对不能任其大雪封“山”，任其笔管里充斥冰碴，绝不能把你的冷毫不负责地加诸比你更冷的人们。你的笔管应该接通你的地火，把你炽烈的熔浆和你的最大的悲悯推进“橡皮管”，推进你的创造性的笔尖。

每一首诗都必须是最后的诗。

每一次飞行都必须是极地或地狱的飞行。

每一次写作都必须把自己耗尽。

为啥“每一个克利都是不同的克利”（杜尚），为啥克利的画作随处都是“伸手可及的‘音乐’。它们动人心魄，却无从倾听……不可预期”（刘云卿），这里自有不为人知的成因。

诗歌的质量除了“深度”以外，其次它“是由速度和果断性决定的。”（希尼）；而“诗人的质量，在于他与生命与文明的充分接触程度，在于他粉碎这个世界、放射自我生命的力度、速度和简洁度”[1]。

诗歌是超音速的，也是超时代的。它的回音也许很远，远到我们无法估量。一个诗人从某种意义上说就是先知，就是预言家。

1　徐敬亚:《崛起的诗群》，同济大学出版社，1989 年 4 月第 1 版，第 170 页。

我们的汉语是很具有能产性的，它很古老很悠久，它的黏土层很潮湿很神奇，可以“唤醒一种根源性的想象”，用它来创造一种“超音速”的、世界一流的诗歌，或诞生一批划时代的具有国际影响力的思想先知是完全可以的。

2017.8.26　河北大厂

目 录

辑一 北漂笔记

辑四 午夜土地

辑五 断片

辑 一

北漂笔记

这 一 刻

这一刻
我
终于站在阳光下
　　泪在盐晶的黑椏上发亮
　　梦在醒来的雪野蒸腾

这一刻，我眺望
这一刻，我期待

这一刻没有风
成为谛听的这一刻
太阳也起濛
这一刻喜鹊在词的深处飞
这一刻汽车在高速公路上闪

这一刻冰晶玉洁

这一刻词与物对话

这一刻感恩

这一刻

我消逝

2006.2.9

在北方过冬（组诗）

刮风的北方

1.

一开始就是高潮
一开始就刮到极地
刮到了地心

那时我还没有学会在北方换毛

可是风一开始
就穿透我词语的薄墙
穿透我衣衫单薄的南方
穿透在我诗丛里冬眠的茅匠
……

2.

……风在笔尖上停住

世界的傍晚临盆

此刻，我看见了婴儿般的父亲

2006.2.17 作

2010.2.11 修订

在北方过年

那年我没有回湖北

没回那个小镇

那个一辆破吉普的一团灰即可湮没的边陲小镇

没回那个蔑视你随处埋葬你的无名的故乡

没回那个只能用腮呼吸的牢笼的地方

……

那年我在北方拿零薪，忍受贫穷

（穷人没有故乡）

那年我听见了老父嘶哑的声音

空旷

它无家可归地在田野里飘荡

我曾望过天空，望过 N 架次南航的黑蟋
我望过轻轨，望过飞驰的京广线
我手上
连一匹树叶也没有

那一年我在京畿某部委主管的一家
综合文化杂志当编辑
多少个傍晚
编辑部的过道一片荒漠我在黑时间中
蹬蹬蹬蹬地往回走
（往北京某穴居的“墓地”方向走）

年底的风
加重了我的类风湿，加重了
我空白纸页的哮喘和失业的凄凉
那穿过西西伯利亚平原的风，穿过北京，穿过那间
租赁的小房特别冷；那穿过了萨彦岭、穿过阿尔泰、穿过阴山
又穿过燕山的风就感觉特别冷

我真不知道北方这么冷

那是 2005，鸡年
某一刻，租房颤栗门牖发抖

一张张白手在窗纸上冰凉地移动
一张张缓慢的手，比纸还薄
我恐惧我颓废我没有火炉
没有暖气
——没有钱
我只有暂住证
我只有送我归西的风
（它将随时擒我置空中撕我于碎片）
只有一片液态的土
只有永无归期地流动流动流动……

我是个愿意归家的人，但那一年我没有归

南方的电话一个接一个地打来
就仿佛汛来洪峰要通过长江家乡快要溃口
老婆说你快回来
我说你不要打了我不回家
老婆说北京的侄女备小车捎你回家
我说我不回家
老婆说你光人回家
我不回家
老婆说你老父拄着拐杖在街口望了多遍
我不回家

老婆说你儿女流着眼泪哭了多次爸爸我也想你
你就回来吧我们只要你的人回来
我说算了吧我不回家
老婆说你的心真硬大年三十都不回你死去吧
我说那行，你就当我死了
——请你把我的遗像贴到望南的北墙

……一把刀
发亮

然而，我从容。我踩着刀锋走进肉体的神庙
亲人们啊，那里才是一切的年底
——期待吧，我瘦下的最后的“食粮”
上帝的“盐”已在我们的灵府经久地闪亮
在深渊的黑蓝中我默祷
让隐在的事物之光照耀你们吧
不要抱怨！
能过关的人一定是有福的，大家都有福
一切都风平浪静

2006.2.11 高楼金村

2013.12.16 修订

充气的飞机一直向南

二〇〇五
我腌在这一年的缸底
腌在南方北方双层被的雪里

江南口岸
老父的目光
——烤我

我知道
一个人，经烈火一熔再熔也不熔的骨
才叫骨；经过沸水一煮再煮
也不变色的血肉
才叫肉
但，父亲呀
——你淬我变色
我的骨中之质一碰你就熔

……空衣袋
空人

原谅我吧，父亲
原谅我，孩子
还有糟糠的老婆……

其实，我的充气的火车票
充气的飞机
一直是向南的
一直向南

2006.11.11 高楼金村

2016.8.23 修订

拉上被子，不要开

又醒了

醒来很残酷
又不得不醒到残酷中来

太阳很残酷
又不得不残酷地走在白色太阳下

有人说路是人走出来的
但走出去就没路可走了
——不让走

拉上被子吧
不要打开那扇窗
不要打开那扇门
永远不要

2006.2.17 高楼金村

2013.12.16 修订

我还在想棺木里的那个人

这时太阳上来了
而我还奢侈地点着灯
我正伤心
太阳的枯光十倍地洇白纸糊的南窗
可我还瞎子般地行走在午夜的时光

一个人死了
一匹大象在飞

飞

象又长又大
像一条龙，四蹄腾灰
从象身体上掉下几人
——几个穿黑色夷服的小人
他们裹着头

他们闯进房间

他们看着死者的冻手

他们看着手上的青布一层层裹着

他们看见手瑟缩着往里抽

他们拉上棺盖

他们往接缝里上石灰和桐油

他们吹了一口气

他们消失了

太阳出来

我还在夜里

我很伤心

我还在想棺木里的那个人

2006.11.11 高楼金村

2013.12.16 修订

如厕小记（三首）

1. 在大雪中如厕

难产
雪粒。北风撞击我生理的暗门

裂肛
血祭北方的茅房

一小时，两小时……缓慢
——螺纹钢

——夺回
歪歪倒倒

在那个冷棺的子夜在
子夜的玄关从

生物的荒凉地带从
集体意识深睡的空集中

我拉掉了双腿
拉掉了尘根，还有某个零件去向不明

回到一盏低温的灯
回到 277 页《诗与抽象思维》
回到瓦雷里回到毫无睡眠的我从
他的烟斗中点燃我的烟然后
长谈然后开始一生中也许是最漫长的等待
我等待那个如厕的人，不管他是死是活我都要等待
我要和他交流与死神赌命的心得，交流死过一回
又活过来的特殊的体验

2006.12 高楼金村

2011.2.13 修订

2. 深夜如厕

一天深夜
我像狗一样跑了三家茅房

……我如厕
房东也来如厕

房东的手灯执拗地翻过短墙
停住。在这寒潮的灯光中一切工序都停住
光
从头顶
将我鳖一样笼罩

此刻，光再也不是给我温馨和宁静的光
光也不是光
光是一种比黑夜更黑暗的黑
光是将所有有机物处理成空白光是恐惧
对一个外乡人来说
光更是一种歧视
一种驱逐

手灯
熄了，又亮……
隔一会就翻过墙。反复玩味
对于习惯了在幔中如厕的我来说
光的迫害
有如一种政治

我不能再加速了

我只有一种羞辱
我在逐渐加强的侮辱中歉然地
提起裤子，装着若无其事地来到邻家的茅房
这可是一个更恐怖的地方
——那时，邻家主人也午夜如厕
他的手灯更亮，装备更精良
咚的一下，茅厕亮如白港
那优越的光
照成了我的北极我的寒带我的雪白的深渊
他不揿灭，不放手，一刻不松。直射
不断地咳嗽。在我十分需要黑泥黑潜黑时间的一刻
它虢夺了削去了剥光了那
与生俱来的生物“臭氧”
与生俱来的文化之皮
一层一层，剥掉
将我人性中最尊贵最纯良最柔软的东西弑伤
光焰还在加强（这是一只可升级的手电）……
不行，我得赶紧寻求避难
——这里是别人的
别人的茅房别人的领地
别人的一草一木甚至别人的时间

所以我再一次提起……

当我找到第三家茅房时
门上挂着一把锁，走近一看
三个字：自家用

这一夜，我彻底失败
彻底悲凉

2006.12.8 高楼金村

2017.2.18 修订

3. 愧疚的如厕

上完厕所才发现忘带手纸

想到了带书
想到了带笔
想到了带手机
就是没有想到带手纸

一本马可·奥勒留的《沉思录》
撕哪页

翻了半天
哪一页都重要
哪一页我很犹豫
我是爱惜书的
撕书是我的不敬
撕书是我的罪
撕书当手纸就更是一种重罪

就这样静静地蹲着
一分钟两分钟……十多分钟过去了
一点办法也没有
内心非常愧疚

这件事到后来我一直很愧疚
感到很对不起
每当翻到这本书
翻到撕去了扉页的这一页
就翻到了那个白天
翻到了那个蹲在茅房里一脸痛苦的人，他正用
那个罗马皇帝的一双眼睛
瞪着我

2006.3.15 高楼金村

2017.2.18 修订

从午夜醒来

1.

合唱的时间到了

大巴轰的一下

开走了

车内哑寂

车窗上，一个人

爬山

将他一人

留在了山上

——爬一个人的山

2.

到了光明顶

他开始冷

从北京带去的冷
到了黄山
终于变成了他的一场严寒
他一个人的冬天

3.
啊，我冷！

——我还是冷！

我没有父亲
——也没有母亲
我只有冷

我没有类
我什么也不是

我的全部只有冷
——埋葬我全部的冷

4.
母亲的奶水让我中毒

侏儒！

我一天天昏沉
我高潮不起来

我想哭
我想抱着蝴蝶哭
抱着蜜蜂哭
抱着蚂蚁哭
抱着木头哭

我没有蝴蝶
——我的蝴蝶飞了
我什么也没有

我只有上行到眼腔的冰泪

5.
狼啊
你快把我吃掉吧

但——我又不希望你吃
我不忍看你吃了我去死

——我的毒
不仅毒你
毒掉你的家人
还可毒掉你的家族
毁掉你的家园
毁掉……

我也不适合你吃
——我，肉苦
你吃了我也就是我吃了你

——你走吧
我已不适合在地球死

6.
挖掉我的眼睛吧
不要让我看到……

不要……

7.
没有家
没有家

真的没有家
——永远没有家

回不去了
——永远回不去！

8.
我渴望烈火
我渴望这最危险的温暖
我渴望这最后到来的东西

神啊
你快降临给我吧！

2009.5.6 作

2013.11.16 修订

倒 茶

我在这边倒水
你在那边喝茶

我的杯子
没有
一滴水

2009.6

折　叠

一张纸，究竟有多高
一张纸，究竟有多厚的积淀
以为一张纸
就凭一张精致的纸
一块印花图案的白纸帕
——就可以玩魔术……

这个下午我一直没有吃出味来
下午的某一刻
你突然从一只盒子抽纸

一张缓慢变化的纸
在我正用餐的一刻
反复……

空难性的折叠

从下午 2 点开始
这个动作一直在反复

把这个下午的尴尬折叠
把这个下午纷飞的雪花折叠
把用这个下午来飞翔的翅膀折叠
把这半年暗无天日的劳动折叠
把一己的尊严
和一次冗长的忍耐一起折叠
把这死寂的黑色火药和暴力时间折叠

就凭一张纸
一张火轻易就可以从下面洞穿的纸

2009.2.13 作

2009.5.10 修订

这就是我摸到的您

您啊
既具铁血的猫性
又具奴仆的鼠性；
既胆小如鼠
又胆大妄为；
既要玩你
又要吃你；
既极端自私
又不讲游戏规则；
一头糟木却要金身，
一脸慈悲却灭绝人性。

2009.2.13

猫的两个夜晚打开很缓慢

猫看着我
猫要吃我，猫是向我
走来的；猫从人字屋脊的某一片
瓦中走来；猫的胡须缓慢滑动，猫仿佛
立在云中的一片瓦上，猫身后
似有层层的翘檐层层的屋宇
层层的海；猫的上身倾俯
院里空空荡荡，只有我一人
四合院从四面合围

这是一场漫长的对峙

在注定的北方，在注定的秋分时刻，在注定
的四合院，遭遇这只老谋深算的猫
这里没有平手，只有彻底的渊薮，彻底的坠落

它穿过千山穿过万水，它踢踏着脚步，踢踏着屈原的《离骚》
踢踏了杜甫的破茅，踢踏了一切来这里
踏着云步

没有谁看见猫的出现
——猫现身就来不及
这似乎是一只夜猫。猫的一个夜晚是蓝色
一个夜晚发红。它现身滴雨的瓦楞
居高临下
它要淹没我的院子
淹没我

一匹风
我就飘转
飘转一下猫就到达我的后背
出现在黄黄的太阳里
瞪着一双黄铜的眼睛
——它没有声音
没有方向又无处不在

它似乎隐于水隐于土隐于风隐于我的血气
隐于我的夜隐于一场噩梦
隐于一阵冷噤

隐于我身体轻轻的动

猫神出
又一只
还是?
猫复步走下瓦楞

猫现身于承雨的瓦槽上
现身于黄铜的太阳里
瞪着一双失眠的眼，没有声音
像瓦楞上的壁虎像一块瘢一匹枯叶
一团影子一缕黄烟
缓慢地动
缓慢移动像没有动
没有声音

然而

猫的梅花打开猫的骨伞打开猫的利爪
打开猫的符号打开猫的两个夜晚缓慢打开
我像一只羚羊我看见了危险我有快足但未规避
我是一只麋鹿我忘我地看我着迷于梅花我有快足却未规避
我看见恐怖的“墓颈”?

看见了灵动的蓝夜却不愿规避

猫的一只脚

托举

欲引我归去

我屏住呼吸

收拢自己

等待

——那一刻

2006.11.7 作

2017.5.26 修订

猫归来

大白天
一只花猫拖着一条鱼

速度很慢
猫有些紧张

灾难发生了，一种突然的速度
袭击了猫的这一速度

鱼没有带来速度　鱼带来的是缓慢
也许是残忍

鱼很重
它的长度快超过猫
这是一个冗长的大白天
大白天对猫来说就很残酷

猫有点惊慌失措
太阳底下没有它的自由

猫来来回回地跑猫来来回回地嗅来来回回地呜
——猫没有找到那条鱼

猫呜咽
很不体面地

猫的呜咽穿心
穿墙
穿过天空穿过云　穿过冬天穿过寒冷穿过风
穿过小路穿过树林穿过池塘穿过冰

猫的呜咽追击一条鱼

它追击它的第一次出猎
追击它的第一条鱼
梦形的鱼

猫的呜咽裹着泥
泥巴的脚泥巴的胡须泥巴的脸
泥巴的哭泣

在这冗长的白天里

一双泪眼看着猫

口含泥

2009.2.8 作

2017.5.26 修订

父亲在故乡哭泣

夜虫，请你涉水
代我走一趟吧！你去告诉我重病的父亲，
叫他不要伤心，儿子我马上将他接到北京！
（姐夫早就跟我谈心，他说你父亲放在我这不行
我们很忙……）

我父住在一栋生满水蛭的国有农业银行里
大楼空空荡荡
周围洋溢着茫茫的大水
你必须涉水，走过大厅，往左拐，再往左……上楼梯
在楼道分岔的地方折向右，前行 20 来米，在第二楼靠南的
那一间，住着我奄奄一息的父亲……
我知道，他的门户紧闭，住得像没有住人
他窗牖重帷，苔藓很厚，房间阴郁
他的“病”气很难闻……虽然

世界阳光灿烂，但他一直住在深水的夜里
夜虫，我的贤弟
为兄的我求求你，就求你这一回这一件事
我真愿割下我的心，割下我的肝，将它们交付给你捎去……
请你排除一切困难去一下他的“病榻”
告诉我孤苦的父亲
叫他挺住，为儿的我不想让他再伤心
我回家的日子定在三月的上旬
——那时南方春暖花开，北方也已不怎么寒冷

父亲啊，我深知，您已身处一片冰凉的大水
房间里堆积着墓穴般的阴云……啊噢，请您再宽限我几天……
虽然我北京的租房有点窄有点贵，我时间老不够用
老婆也不乐意。但一切都不成问题
谁叫您是我父亲，谁叫我们是钢刀割不断的父子——只此一条
这就是全部。租房再贵再窄也能延展到湖北去，延伸到您的
　栖身之地
哦，我经常梦见大雨
从北京下到湖北公安的大雨
我梦见苦斑鸠，梦见它停在您的水竹林，日夜哭泣……
我常梦回“孤岛”。我的归雁多次叼扯您的黑布长衣
梦见您来北京（您一直想看看天安门），浑身湿淋淋
（您想看看您的“毛主席”）。——您说农行有“鬼”

您缓慢地推开我北方的房门
您像一块用柞木火烤过的糍粑，糯糯地望着我，不肯离去
您说您怕姐夫
您就坐在我的门槛上抽烟
抽完一锅，您又迫不及待地摸出一支早卷好的旱烟
又抽一锅，吧嗒吧嗒地抽……
您怕烟雾消散，烟雾消散您也就消散了
所以，您要用烟雾留住
您要在烟雾中不断地重复现身
或永生
您的眼角生满白渍，那是老屋火塘里的火烤的
您软软地看着我
那么火热，那么执迷，那么慈祥，那么深沉……
也不仅是看我，您也越过我，眺望着我后面的什么
——您一直天真地说省里抑或是中央
有一个与我们的姓氏相同的家门，有一个姓丁的……
您觊觎那个姓丁的，您指望这个陌生的家门
望着望着，您就望成一只小猫，羸弱的、生满眼屎的
钙质不足的小猫，满地爬
寻找“猫娘”……

我知道您想出来了，想儿子，想留在儿子的身边
您不愿当姐姐姐夫淫威下的小猫了

——可是，打不通，一个也不通
我的电话打不到您那里，打到的只有化装成渔夫的姐夫
话机畔，只有姐夫姐夫姐夫姐夫姐夫……N 个姐夫
姐夫的生意是卖米，把一袋袋的米推销出去，他怎么老是霸着电话机
——我姐呢？不知道。姐夫有“接”癖！
有时明明姐在楼上噔噔地跑“来啦来啦”接了分机，他仍
在楼下喂喂喂……
——啊，我也最怕那个姐夫，那个黑色的渔夫！最怕他接电话
他不回应。噤声。让你自说自话。完了。一声不吭。挂断。
飘零。就像中了暑和鼠疫，让你的形而上的叙述晕头甩脑
晕头甩脑你就恍惚被甩入了一处冰窖般的地下仓库
所以，我一听是姐夫接的电话就疟疾。哆嗦。我一哆嗦就咬不准字眼
……一百年打一个回家的电话听不到他的一句问候。死寂
就像白天遇到一个鬼一个无常，他勾魂般把你带入一片白棺的墓地
——要不他的一句开场白，就是你父亲怎么办……
要不就是，你还有什么要说，不说我就挂……我很忙……
要不就是，你父亲，躺在床上，老样子……
你父亲你父亲你父亲你父亲你父亲……所有的话都是你父亲
所有的话都冰冻，所有的话都寒冷，所有的话都让你过冬
所有的话都硬邦邦……没有一句不硬不邦；所有的话都像

铁锤……

所以，全国的电话我最怕碰“0716”，最怕这个灾难性的区号

这个确定的区号有 N 个不确定，有无限的雷区

低频，低温……

……那是一个夏天，又是姐夫接的电话，他噜噜噜噜噜地
　搅“豆渣”

噜噜噜噜噜地嚼着什么东西，我刚说了两句

刚问了一下父亲最近……那边就挂。机心梗塞

听筒“咔——嚓”，心惊肉跳！

仿佛不经意，不留神。断裂。

忙音。永久的忙音忙音忙音忙音忙音忙音忙音忙音忙音忙音

他妈的，这冰冷的声音还真磕伤了人，磕伤神经！他挂得

太突兀，太孤绝，太枯骨！我一下晕厥了……

顿时，北京乌云一片，北京的夏天冰天雪地

哦，好冷！好多天哦，回不过神！

那种无法言表的深痛

那话筒搁伤座机的疖疤和细节

那磕的音

像尖刀一样穿心

我只有一个父亲

父亲只有我一个儿子

——难道一个儿子的北京就承载不住一个湖北的父亲?!

……两年前，即2006年的那个深夜。耳光响亮。时间锈住
姐夫与我有过一次“恳谈”，这个“纪要”
一次又一次地抽“醒”我文学的睡眠。那是我父亲被
我姐接过去的头一年
姐夫苦口婆心地说，我们不要你的钱，也不要你加钱
钱对我们来说没有用，真的没有一点用!
你打的那些钱我们一个也没有用，你都拿回去
谁都知道丢“几个钱”……这样省事省心!
——事情没有你想象的这么简单，你看，我也有一个老母亲
还有两个小外孙，我还要做米生意，再说我也是六十岁的人了
我有病——心脏病，你姐钾碱、风湿关节炎、腰酸腿疼
我还要替你侍候一个快九十高龄的老父亲……
他说兄弟你这样去北京肯定不行，我们受不了，万一我病倒
你姐有个三长两短，你说我们怎么办?你一个老父亲折腾就够了……
再说你也不听话，你年纪也不小了，也不现实一点，到处跑，就在
家里教书不行?生活稳定，又可孝敬父亲，几多好?普天之下都这么做
人家这样做，你为什么不，你非要去北京……

我说，他（父亲）还是不起床吗

姐夫说，长期不起。不叫他吃饭他不起

我说，他怎么这样呢，他可是一个爱劳动爱早起的人啊

姐夫说，不知道

我说，走动走动多好

姐夫说，他就是不走，人家比他年纪大的老头儿都走，他不走

我说，他不能走吗

姐夫说，他能走。他能去上厕所，但轻易不上，他可以三四天不上

他有时拉在家里，也不好好拉，脚上腿上鞋上都是粪便

姐姐插话，你看父亲可恨不可恨，一日三餐端吃端喝，他

把豆腐花倒在墙上，夜壶从山墙上倒，臭死人……他怎么这么害人！

……命恁长那么经活……

我说，他可是一个爱整洁的人啊……

姐夫说，不清楚

我说，他还看电视听收音机吗

姐夫说，哼，早不看不听了！他根本不跟外界接触，自从来我这里

一直就这样躺着，他瞌睡很大，一天当中有十五六个小时在睡觉

醒了也不起。他喊冷，他说有鬼

我说，有鬼？
姐夫说，是的，有鬼。他说有一群从未见过的花子一不留
神就进来了
喝他的维维豆奶，吃他的萨其马，吃他的葡萄，吃他的糖
吃你从北京给他带回的大蒜精、钙片、金维他、维生素 E……
你看他人成这样，我们没法侍候，万一出了什么事，我们也担不起
这个心。这次，你要么在家，要么你将他带到北京，要么
送他到敬老院……
姐姐插话，对，要不送他到敬老院
姐夫接着说，……就是亲兄弟我们也要交换一下场地了，你的老人
不能老放在我家里。他是有儿子的，他就得跟儿子过，我
只不过是他的女婿……别人也会笑话的。他不起床我能怎么样，打他
一顿，还是咒他？都不行。我们没办法做人啊……跟你打个商量
你在家待一年，待一年试试，待一年再上北京，你也让我这姐夫
稍微松一口气，松一下肩？
我喃喃：……待……在家……试试……再上北京……
带……到北京……北京……
姐……姐夫，其……其实我……我也想过待，想过在家好好

陪陪父亲……可是我待一年还能再上北京……还……还有
我的北京不？
姐夫说，不清楚
我说，在家待一年，我一家人怎么生活呢？我拿什么
来供养我儿子读电影学院？你们借钱给我，还是我的那个
债台高筑的
乡镇中学？我不像你们，三个孩子都参加工作
形势一片大好
正好享清福。我父亲放在你们这的确有点不当，的确煞风景，
的确
是一个沉重的负担，我也想过接到北京，可北京太冷，怕
他受不了
所以我转而还想求求您们。请您们宽宏大量，我……我增
加父亲的生活费
请您们还支持我这老弟一下，辛苦你们了……这样说吧，
你们
替我尽了孝，到时我来尽……尽你们的孝，孝敬你们，行不？
姐夫，嘿，这话你不跟我说，你跟你姐姐说……
姐姐插话，你就听你姐夫的话一回，回家，待一年吧！毕竟我
是出嫁的姑娘
我，沉默……
姐说，就一年，行吗？

……那夜

我深陷姐夫与父亲两人的漫漫长夜
孤立无援我[1]
拥着父亲悲恸长太息以掩涕，那夜我仰望太空和苍穹
那夜没有我的月亮没有我的星星那夜
我像一只丧家之犬那夜长江潮水
惊涛拍岸

——姐啊，你为何要劝我回家呢
我俩一起在家……待？
一起埋葬
在家乡？

——回想我们的父亲
他的一生下着大雨，一生都很不幸
为了生活他一直在白梦般的大雨里蹒跚、奔跑
一九二四年，在兵荒马乱的枪声中诞生的我们的父亲

1　那夜子时，在关键时刻，多亏了在公安县司法局工作的大外甥马亮，他招我出去散散步，下到农行院子里，说："……舅舅，您去，在北京好好干，外公的事您不用管，爸爸妈妈的工作由我去做……"一句话，天开地亮，枯木开春。我热泪盈眶。多亏了我的外甥马亮！

三岁时，他趴在大雨中晕厥地哭泣他早殁的母亲
二十三岁他哭泣襁褓中早夭的大儿
三十五岁他失去了我五岁的二哥三一
四十二岁时他失去了我弟弟，四岁半的黑儿
黑儿热病入内，不治而亡，父亲一连几天不思米饭
四十七岁，我母亲子宫癌撒手归西……
他的肝飞了，肉飞了，他的魂飞了，他的亲人一个一个地飞了，
他终生未再娶。他瘦，衣衫空荡……
为了治疗二哥的怪病需要寻找水竹油和水竹膜
他通宵奔忙。乡村阡陌。累得几乎爬着回家。为了治姐姐你的伤寒
他背着秤，到处收集陈年的屋茅草……
啊，奔跑的父亲！空荡的父亲！十八岁躲壮丁
险些葬身屋后清水河的父亲。你为小舅的婚事去湖南余家台遭土匪
差一点乱刀砍死于草垛。为给沙市民工运送紧缺物资
日夜兼程，几近饿殍……
在父亲下弦月的漆黑夜里
谁知他独渡了多少难关，吞咽了多少泪水
是的，他暴戾！他确实很凶！有脾气。他体内有一个恶魔
它一醒来父亲就不是父亲，就是那个魔
那个魔惩罚我们，用木棒用铁器用随手取来的农具，制造

了我们肉体和骨头内不应有的伤，制造了
我们母亲肉体和骨头内不应有的伤……
我们痛苦！我们孤苦无告！我们痛恨这个恶魔！
——可是当我到了他这个年岁，等到我也成为父亲，等到我的体内
也长出了这样一个魔时，我体谅他理解了他
……三十多年了，我的身体开始全面消肿
我的内心这才生出了我的父亲，红婴般的父亲
——他其实是那么胆小，那么羸弱，那么孤苦，那么猥琐
那么低贱，那么无名……
他一生跟在牛尾后，蓑衣几乎长在他的身上，一直没有除下
身后一片白茫茫的雨花，一片白雾
有时他爬上江南的云顶，那乌沉沉一片稻草房的云顶
命运的黑雨一直下着，他熟练地将一把苫好的稻草插进去……
插进千家万户。当众颜欢愉时，他在房顶在自己的乌云里
年关前，他一家一家地熏制麦芽糖，一家一家地捣糍粑……雄鸡叫了
东方白了，他回家了……在别人的夜里他过自己的白天在别人的白天里他过自己的夜晚在别人的年里他过自己的年在别人的梦里他做自己的梦在别人
品尝生活的甘甜时他品尝自己的酸苦……哦，父亲
即使在时任党支部书记的姐夫的关照下做了护堤员
住进大队部防汛棚也没得闲。他总是考量可供种植菜蔬口

粮的土地
他不愿生活在一种方言的闲言碎语里。他努力养鸡养鸭……
他把
瓜豆油料植物种在河坡沙地，种在方田的毛边里种在
毛边的修辞里，种在他的植物王国。他用少量的口粮养活
自己他把
大量的鸡鸭、禽蛋、豆、蔬菜、菜油贴补进我们的生活他还
不失时机地送给我们一些他的竹器工艺，竹凳子竹躺椅竹桌子
竹花篮竹鸟竹球竹蚂蚱竹蜻蜓竹花瓶竹笔筒竹梳子竹发夹……
无论何时去他“汛棚”住地，我们都像君王驾到
他像一个波浪小臣，他会迎驾，他总能吃准自己的角色
他会跑进他那烟熏火燎的黑内房他会从
他的肝中从他的心上给出我们一个他的良久的准备
给出一个他翘望了很久期待了很久的惊喜……
他总是一刻不停地围着我们忙。像一只咕咕咕叫的母鸡，又像
一头舐犊的母牛不停地用他的目光贪婪地舔舐着我们，他端着
我们，生怕一不小心发生变故，倾覆，失去
他用母性，用他晚年滋生出的越来越强烈的母性炙烤你
燃烧你……

——他的歇业和停止劳作也是近一两年的事
直到八十岁上他才“可耻”地活着，看“人”眼色地活着
他的停止劳动主要是身体衰弱，体力不支，老了！

他完全可以像一个工人那样享用某种名分拿“退休金”的
但他没有。公社没有！农民没有！干一辈子农民也没有！
他只能在他自己的子女那里“退休”（但不是“农行”）……
他的“休息”算来还不到他现龄的五分之一
他的“衣来伸手，饭来张口”的生活也只是近两三年的事
他有权颐养天年，谁（儿女）也不可掳夺！
谁（儿女）也无权批评……

……亲爱的夜虫啊
请你一定替我去一下他的“病榻”，把我回家的
这个消息，春风一样吹到他结冰的房间，吹到他的心上
请你亲口告诉我病重的父亲，我马上就回家
从农行发出的箭镞已追击到了我的天空，他们布下的瘴气和
　云阵
从湖北之南的公安一直铺排，君临京畿城下
——我的父亲在故乡哭泣
我听到了，什么都听到了
我再也不能忍受，我父亲也不能再忍受了……我不能让您再
过乞丐的日子我再也不能让您过没有儿子的日子我们父子再
也不能在别人制造的深水中过日子
夜虫，我已收拾好了父亲来京的房间架设了暖气备好了一把
　按摩椅
——我要亲自侍候他给他卷烟给他煲汤给他端茶送水给他

查体温陪他起夜给他倒夜壶给他擦洗身子……擦他
的伤疤擦他的羞怯擦他的连自己的亲人也不让看见的私处擦他
认为他的最脏的地方把他纵横交错地擦干净擦亮擦得
像一个红皮婴儿就像他当年对待我那样
让他干干净净地过日子让我的这个无名的谁
也不知道他的大号叫丁启芝的让这个在农业学大寨的集体
田庄里
岑寂地干了一生农民的人过有尊严的日子让他
在我这里退休吧

夜虫啊，我再也不能忍受
那座阴郁的“农行”有一只布控的毒手
父亲在一个地方，在窒息的黑时间里幽闭得太久了
他一世也未出门远行，他除了出生地狮子口镇我母亲
娘家所在地章田寺镇，最远的就是荆州沙市
和湖南毗邻的余家台了
那里抽空了他的魔性，改变了他的属科……
我要让他来北京换气，在北京从物从一只猫变到人
拍拍灰，变成我的父亲
过有尊严的生活
——在那里，他就一直喊冷
那里有比北方的冷还要低度的冷！
他一到那里，就“病”倒了，一直“栽”在床上，他不点灯

他也懒得在大街上走，懒得看人的脸，他也
不去他劳动了一生的田间他也
懒得看一眼那些植入他生命的庄稼。他太灰心
两年多了，他一直灰心，他感到了亲人对他的与日俱深的制造
他就生“病”，卧“病”在床
——他说那里大楼里有“鬼”。那些“鬼”经常追杀他
因此他关了窗户关了门关了蚊帐。虽然这样
听说“鬼”还是在场，他们从墙上从天花板上从窗牖上
从门后走进来……

——那里的“鬼”真多！

夜虫啊，我的苦衷无人也无处表述，你也许是最能理解我的人，
你知道的，我为什么不回也不栖居在那个烟尘小镇，难道那里
仅仅只埋葬我父亲，或者说只有埋葬我一人的
暗物与陌生只有埋葬我一人的奴役般的卑微与忧伤
我悲愤和反抗的难道只是故乡的谁……不，不不不
应该有历史和这个时代强加给我们的（我父亲的）
共同的命运。过去单位“通缉”我现在我姐夫姐姐
“通牒”我
……在中国传统文化的精粹中有我们
望一眼就颤栗的“深渊”啊！而我的父亲正经受另一种“深渊”
我们父子都在经受“深渊”的考验。所以，我没有家没有亲人

没有

故乡一直没有。我只有一条驿路，永无归期。——他们

不是计划要送我父亲上“敬老院”吗？

——不必了！不必“客气”了！

我秋叶般焦碎的父亲也无福消受敬老院的“媚眼”和“秋波”

我要回了。就在春天！我要去抢救我残存的父亲

哪怕将他“绑”在身上。负荷重

是重了一点，但总归在儿子的肩背上

雪“耻”的路就用泣血来偿吧！哪怕爬

趴下，哪怕满手是血，只要我和我的父亲在一起

只要我的父亲在我肩上

2009.5.8 作

2017.3.18 修订

永夜溜达

——从德令哈归来重读海子有感

今夜，你在德令哈的大街溜达
夜鸟叫个不停

一滴水的全部黑夜里
姐姐空旷

……你燃烧

你看见大雾
你看见我们吃近亲吃你
你看见我们埋得很深
你看见谷仓
你看见阎王眼中的地粮
你看见地粮中的阎王

你突然变成一只受伤的天鹅
你变成一枚绝望的麦芒
你变成一块孤独的坐满整个天空的石头
石头长出血长出七姐妹长出姐姐

石头长出石头……

你的远方一无所有
除了远方仍旧是无限的远方
—— 疼痛

没有任何泪水使你变成花朵
没有任何国王使你变成王座

德令哈没有你的姐姐没有萨福没有你的阿尼玛

——只有空
最后的抒情空空

空空的草原
空空的戈壁你两手空空

空空的一棵孤独在哭泣

空空的一粒青稞在迷茫

一块无名的石头熄灭你
青海的湖盐熄灭你
天空的太阳熄灭你
你家乡的荒凉熄灭你

你伸出的五指空荡荡

你的姐姐空荡荡你的妹妹漂泊
你的土地空荡荡你的仓廪漂泊
你的故乡空荡荡你的妈妈漂泊
你的砍柴的太阳空荡荡你的王者漂泊
你的白羊星座的瘦哥哥空荡荡你的月亮漂泊

阴植物在生长
骨头起火

于是
你在低维度里溜达
你在西藏溜达
你在黑漆霉烂的歌本中溜达
你在山海关溜达

你在忧愤的黏土层里溜达

你沿着铁道朝着龙家营的方向溜达

你在新约和旧约的交叉地带

永夜溜达

溜达

溜达溜达溜达溜达溜达……

2016.8.22 18:08 河北大厂

飞

破草帽
滑下
——冒烟的坟

第一担土
就碾成了灰

抛物线撞飞
破草帽撞飞
铜烟杆撞飞
司机撞飞

撞断
流血的碑

第一担土

父亲就飞

十九年了
破草帽一直在飞
冒烟的铜烟杆在飞
父亲的身体在飞

在堤上
在那一年
泪雨一直追着飞

2006.2.13

我想起……

发愣
从切开水果一刻
　　　　皱巴巴的皮
　　　　皱巴巴的肉

我想起卖水果的那个老汉
　想起从他额头到来的夜
　从夜里到来的皱纹
　从皱纹里到来的疲软
　从疲软里到来的果摊

——这狗屎般的水果

我想起一片盘桓的食人鸦
　食人鸦下的一片汪洋
　汪洋下的家园

家园中孤守的老汉

——尝尝这苦涩的水果吧

得储存多少寒星的夜晚
储存多少毒辣的骄阳
结果
储存的是满园洪荒
——这愁苦的水果
我买下
全买下

2006.2.10

红眼的黑鱼

忽然
想起黑太阳的童年

谷壳的枕头
满是幽篁的黑
小人出入其间的冢洞

子夜母亲欲灌我大粪
姊姊手执一枚缝嘴的
闪闪的花针

秋天啊
——我疼

在一片泥泞里
打滚

我不要命
不要锁
不要银
我不是你们的子嗣

我追忆
一条红眼的黑鱼
它沉潜于恒河之水

——父亲的手
抓破
梦的被

我的梦
坟冢垒垒

枕套中
褪米衣的谷壳
漂泊
于幽篁的黑夜

哭

半夜我哭
我白天哭
我夜晚还哭
哭里做梦
梦里哭

我只身前往恒水
寻索空位的
黑鱼

我沉湎后世的
泪水

我穿越沉月的咸海
——在涨潮的
不亮灯的房间

2006.2.8 作
2017.3.16 修订

一架纺车的记忆

一架退役的纺车辟谷
是一架（纺车）
对另一架虚位以待的纺车的召唤

在一盏长明灯下
母亲纺白
整整一场大雪
把所有的夜晚纺成了我们的紫铜与纯绵
纺下我的硬翅和复眼
纺成了我的一条路
纺成了我们的一首首民谣

我的已有身孕的母亲
您从纺锤的中央呻吟中取下我的妹妹
（在公社机沟里历险的妹妹）

黎明，一只白蛾扑来
撞断纺车的时间
撞坠故事中的昆虫
撞榨您身器中的灯油

从纺到不纺
我看见您车中的积雪皑皑
看见您的车辐颤栗轴心病吟
看见白婆的手洇现您的窗纸

白婆呀白婆
多次掐断纺线的白婆

请来小镇名医罗大夫结线
——惜钱啊，五十元[1]
子宫流血
不断线
暴雨的泪水

1　时间大约 1965 年，母亲血崩，到当地，即公安县狮子口镇公社医院瞧病，主治医生是方圆闻名的罗大夫，方脸，鬈发，有点像欧罗巴人。他说不要紧，这是早期，良性的，50 元（手术费）可以治愈。当时 50 元很多了。家庭困难，母亲也惜钱。只好保守治疗，罗医生隔三岔五来打针开药，母亲也遍寻偏方。过了 5 个年头，母亲全身浮肿，最后大出血，病殁。

下黑天

2006.2.12 作

2017.3.15 修订

那天……

葬了母亲好惊慌
葬了母亲怕
白太阳

母亲你死去
体内有我的伤
你的黑骨里
有我的木棒

那天
我提着风
我提着白眼

空竹篮

那天，我空

那天，我轻
那天，我瘦
那天，我多么慌

妹妹小
姊姊出嫁了
我去找猪草

黄花菜地米菜耳朵菜
你们快出来
苜蓿草车前草被褥草
你们不要
我来找

找
找找找找找……
找了半篮草

太阳落土
妹妹找母

不怕
哥哥带你回家

哥哥你手好凉
哥哥你哭了
妹妹你哪知道
哥哥心里好慌

那天
目光异样
白太阳将我推倒
水载我
——流走

那天，我瘦
那天，我轻
那天，我空
那天，我多么慌
世界是一个透风的网

2006.2.13 作
2017.3.16 修订

父亲，你是一颗黑铁钉

剪了我
然后对我说：
　　　　　　飞吧，
　　我看你飞——

打了我
然后对我说：
　　　　　　不哭，
　　我给你贴虎骨

啊，父亲
我怕
——你的爱

是一颗黑铁钉

多少
破碎的夜
母亲你拔银
姊姊你执玉

给我吸伤的鸡蛋
给狗吃
狗死

多少
收工的傍晚
我望着漆黑的家门

你的爱
是一颗黑铁钉

我走进漆黑的庄稼地
吓得像一粒三月的蚕豆米

哥哥病殁
弟弟后来也夭亡

我不想跟他们一样呀，父亲！

2006.2.7 作

2017.2.18 修订

回忆老师的惩罚

天黑
鸦雀找窝
带着……我
立
在小字本的纸中央

饿

看不见了
纸页的白天
翻过去了
黑字融进
　　　　黑夜

我怕老师

他喜欢老鹰捉小鸡老师
喜欢役我在毒日下顶水碗老师
走近瞌睡的耳朵吹口哨老师
敦促我抱后脑蹲着走怪圈老师……

看不见了
让他回去吧
无娘的孩子

田字格的白天翻过去了
不见
父亲
从另一块稻田里走来……

2006.2.8

辑 二

人在故乡

花你应该感到有毒

一种寓言中的物质
顿时从背后合围
已经看不见了，你还
在看，已经听不清了，你还
在听

叶子终于没有回到原来的地方
那个孩子终于骑着一棵果树
走远了
公鸡开始对你一遍又一遍地打鸣
白鼠一次又一次地穿透
你的四壁
父亲在恍惚中看见的事物
你重新看见

于是

石头被重新孵化
一批“新式”面孔挂了出来
他们踩倒
他们唰唰唰唰唰唰唰地走过

他们真的新吗
也许

所以你的眼睛就应该盲，你的
耳朵就应该聋，你的器官
就应该凋谢；你就应该怕嫩，花你应该
感到有毒

然而
你的名字却依然
在别人的梦里
或你的梦里固执地生长

2003.4.1 下午

返乡（一）[1]

我们像亡灵即位

白了白了
雪垄白了，野梵白了
晓青也白了
我们全都白了

雪垄来时好像一直在下雪
地上天上下白了　野梵一直矗立
在另一块雪地里　执拗地瞩望着逃亡的天空
晓青则待在一家糟糕的面粉车间

1　2002年底从昆明回到湖北公安，诗人野梵在公安党校宾馆请我吃酒。在座的有作家雪垄、诗人许晓青。这顿酒终于没有吃出什么喜气来，反而大家都很岑寂，仿佛感到并看见了一种谁也绕不过去的居高临下的压力与严峻。《我们像亡灵即位》《你让我醉，再醉》《用你的酒醒酒》便是这一次见面的感受与心得。

三年来，我们的天空一直在下雪

你们都惊诧地看着我
我也一眨不眨地看着你们
彼此认真地察看　目光岑寂　无言
偶尔　我也见出你们目光中
一晃而过的英俊
可是　接着就是鹅毛大雪
目光摇动　飘起……
不　不只是你们
在这残酷的年龄里
在这残酷的年代
我们的目光中
都在飘着这种鹅毛大雪

你们依旧看着我
我依旧看着你们
我们彼此端详我们彼此陌生
目光渐渐陌生

后来　你们的目光越过我
越过我的头顶望着我的后面　我的后面没什么
我的身后

大雪压境

我们终于有点像亡灵即位
那天 我们都没有喝什么酒
可是 在我们的眼中分明都有了
一种很深的醉意

2003.4.3 作

2017.3.15 修订

你让我醉，再醉……

今夜，我在你的火锅里沸腾?
那早已摆放的一只空碗和一双筷子
让我像一个亡灵即位

兄弟，请你给我斟酒
你让我醉

多少次，流浪的惊魂
轻叩了你的房门

啊，兄弟

我多想哭，多想跪伏
在你的怀里痛哭

哦，你不要这么近地挨着我
我身上有灰。你不要动我
我一动就碎

你的酒真好
你让我痛饮，你别劝阻我
你让我醉。再醉

啊，人醉了感觉真舒服

2003.4.5 下午

用你的酒醒酒

——赠诗人许晓青

我知道你来时已饮了酒，来时
你已微醉。一见面
我就知道你提前饮了
这杯中之物

你说那是你自己的酒，你一直
在独饮那杯酒。你说你
不明白那杯酒怎么就越饮越多
你的酒力却越来越小，刚上唇就醉

你说：“黑丰，我虽然已先饮了酒
但我还没有饮你的酒你的酒
——那是我的酒

“我从来没有同你饮酒，那是
我的酒我的酒……我从来没有
饮你的酒……”

我说：“这也不是我的酒，
这是宾馆的酒。”

“不对！”你说，“你错！错错错了
那是你的酒你的酒，我今天赶来
就是特意要饮你的酒……用你
的酒醒酒。”

“哦——晓青，”我说，“是我记错了，
这的确是我的酒，我的酒。来，干杯！让我们共同干了这杯混浊的酒！”

干！

干！

2003.4.3

一万年也不要碰

你甚至希望一切都是假的 你的
那两道深刻的鱼尾纹是笔添的 你的
华发是麸皮杂的你的驼背是棉絮垫的
你看字像打枪像一个猎人
是装的。

你希望人们不要对你谈老
不要提到你的年龄不要谈生日
不要谈什么
三十而休[1] 四十不惑
不要去碰那些爆炸的数字

有一些东西最好不要去碰它

1　2005年，本人欲往北京，有朋友言，去北京干啥？人到三十万事休矣。如此。

一万年也不要碰

可是你希望聋希望听不见什么都
听不见你希望遗忘
——永远被人遗忘。
那样也许会更好受一些

2003.4.5 作

2011.8.10 修订

返乡（二）

冒着严寒，
终于回到了大雾弥天的故乡
一路上，我看见一片片被噩梦纠缠的庄稼
枯死在枝头的昆虫
地下的物语

返乡的第一天，我就开始打喷嚏
现在我开始爬楼梯
爬了几级我就打喷嚏
会议的地址设在一间冷冻库里
一个簸箕大的喇叭放着冷气
地方最高行政长官躲进了某一部话机
——据说我的姓氏
早被一块橡皮擦
擦去
我已没有资格享受家乡的工作会议

也没有资格享受这种级别的冷气

看来姑且在家乡谋求一条熟路的奢望
也不成立，从家乡寻找路径
扑朔迷离

然而，猖狂的水蛭们成群结队
挺胸而立

我在家门却无所归依，我向天空
尖锐地啸叫，我体内的野兽
正疯狂
巡行

2003.4.5 作

2011.8.10 修订

出　门

天色已近黄昏
妻说你怎么又要出门

你简单地望了望
已黑影幢幢的野地
你张皇地背起行囊，你侧耳
倾听

吃人的怪兽再一次升起，
你却莫名地兴奋
在冲向旷野的最后一刹那，
你回头一瞥

这最后的一眼
你看见了比旷野还要

幽暗的家门

2003.4.6 18:05 昆明斗室

2016.8.23 修订

我看见你的草移动

你掏肝　我难受
你目空　我荒凉
你隐于草丛看不见
你的叶刀
软绵绵

哦　流不出的是血
哭不出的是泪
转不出的是烟……

你多像我的父兄
多像我的朋友
你的眼镜上堆积着善良?
你脸上挤满了来历不明的富有
我看见你的草移动，我听见
伏击的野兽们

恐怖低吼

2003.10.30 午

黑夜还在打枪

这是一些惶惑不安的肉这是
一些苦涩的肉这是
一些会唱歌的肉这是
一些在天上飞的肉

然而
一袋
这需要多少残忍与耐心

布满枪眼的天空渐渐暗了下来
那边，枪声还在继续
枪口还在寻找……
不久，天空由暗转黑
——还不到中午
人的午夜就提前到来了

当飞禽落净

当天上的脊梁全部落到地上

子弹先一步穿透

天空的良知

然后穿透我们的肺叶

穿透鸟窝　时钟　音符……

然后穿透我们的魂灵

然后穿透我们的祖先

某种最珍之物也许是我们的最后正在陨落

墨杜萨的人头就将现世

砰　砰　砰　砰……

黑夜还在打枪

2003.11.30　作

2016.8.19　修订

辑 三

滇南漂泊

离　家

家已不产生我的温柔
一个血涌的男人离家了

血涌替代了泪涌

生命的里层一颗醒了很久的泪
终于化作了全身的冷汗
很早很早　我的年龄就成熟到断绝了泪水
我的最后一滴泪
留给了还不到去的年岁
就去了的母亲

最最勾留旅人的目光
此刻被收拢到最初的泪水里
简简单单的行李
我收拾了整整大半夜

将家庭的声音捆在一起
行李系了一个结又一个结
儿子啊　我只留下了一个活结

一截燃烧过的蜡烛
半瓶墨水和泪
留在了经常写作的书案上
拾起它们吧　儿子
它们会重新发亮的

家庭的破碎我已埋葬
一枚或两枚可能的碗碴
潜伏在我远去的旅途上
行了　滴血就让我去滴吧
踏向陌途的脚印
我已扫尽　你不必看见
不必看见的还有
残月的泪水
照我上路的光
可能重新照你
我想那应是一轮满月

安心睡吧

毒蚊掐了　还掐了掐你的小屁股

晚风很轻
夜空很蓝
河谷里的一只幼兽凄厉嚎叫
家庭正在身后长毛
白亮的河底
正鼓嗒鼓嗒鼓嗒鼓嗒地
涌动着一些酸水
我上路了　不愿回头
从此　一只永远的兽
虎视眈眈地逼视着我

酸水漫上来了
酸水很快覆盖了我
和身后的一切

2000.8　作

2016.5　修订

为谁持续呼吸

……倒塌的父亲
倒塌的残喘
倒塌的稻谷
倒塌的乡村
正在倒塌的一切
忍痛
锁进一个抽屉

满天
乌云
我脑壳比老太太的夜壶
还倒霉

刚刚拿起 W.H. 奥登
刚刚拿起奥 · 曼德里施塔姆
刚刚拿起约瑟夫 · 布罗茨基
地泉涌现

梵音……

睡睡睡睡睡睡睡睡睡睡睡睡睡睡睡……

就是这种姿势
在无法死的情况下
请让我
睡
用睡的形式
去克隆死吧（不要醒，不要
永远不要……）

——可是醒来。墙壁、楼群、天空、灰鸽……都在转
你也在转
旋转
在旋转中缓慢展开
同时展开的
还有楼下的叫卖

日子正在冒烟

……我在哪里
我的灵在哪里

我是谁
谁是我
我的那个可能的世界在哪里发生
破碎
每天都在破碎
每天都在拼贴
每天都在看守
每天都在丧失……

为谁保存生命啊
为谁持续地呼吸
为了谁

2001.11.23 下午 昆明

2017.3.15 修订

不　朽

尖叫的落叶
那时没有浸蚀你
那时你每天都是牧歌
那时你每天都有神秘
记得那些傍晚的蝙蝠
那永远的鱼
一直在门前滑来滑去
住的是生满马陆的低矮的茅草房
吃的是黄花菜　还有带刺的野蓟
枪声从左边响起
右边静谧
尤其你童年的右边你的林子

十一岁你突然长大
十一岁你开始有肝
十九岁你开始有胃

十一岁你发现天上没有了月亮
四十八岁你发现天上没有了太阳
十一岁你知道了存在与虚无
十八岁你知道了存在与时间
十一岁你先梦见李白
然后梦见杜甫
十九岁你梦见卡夫卡
五十岁你梦见了基督

哦 睡眠越来越少
梦境越来越多
米饭越吃越少
茶叶越喝越多
与人对话越来越少
自言自语越来越多
在家中逗留和看书的时间越来越少
在郊野在小河在林子在山上作野鹤闲游
的时间越来越多
看地上的东西越来越少
看空中的猛禽和鹰隼
看星星和蔚蓝闪烁的时间越来越多

终于 有一天

你对家人说 我要出一趟远门
究竟你要去哪里
你去了哪里
谁也不知道　也许
只有神知道……

2001.11.24　湖北公安

2017.3.15　修订

焦虑、颤栗与神性之维

某一刻
你开始燃烧
整个世界停在你的脸上

你曾提着灯笼在白天的大街上走
你曾脱光衣服跳入沸水
你曾站在荒寂的山上高呼
你曾到岩石中守望
你曾撬开水泥地板
你把老子叫醒 又扇了两耳光
你痛恨和尚
痛恨正道与圣贤
你宁可收集废纸
你日夜并且终生与某物厮打

哦 太阳诞生了你的阴寒

世界诞生了你的黑夜
空间诞生了你的结石
历史诞生了你的罪恶
思想诞生了你的颤栗
和滴血的词语
生活诞生了你的荒诞
职业诞生了你的噩梦
你问天问地问自己
我的灵　我的温柔之乡
我的上帝　我的神性之维在哪里
啊　在哪里

2001.12.8 作

2016.5.23 修订

爸爸等你

是你把楼梯踏响
是你把我阴郁的房间震动
是你
我就知道是你　儿子

你是一道光
你是一只啁啾的小雀
你是一枚羞怯的叶蕾
你是一朵天空滴落的蓝云

是你的小白金钥匙扭动了
爸爸的防盗门
是你回来了　我转过头来
专注地看着你
——从头到脚地看着你
我每天都这样　惊奇地看着你
像从来没有看见过你一样

从头发到眼睛到小鼻子到纽扣到鞋跟
一个部件一个部件地看你
完整地看你

怎么 今天受了伤 还有泪
他们不让你跟他们一起玩
除非交钞票

——孩子 你不能很好地与他们融和
这不是你的错
他们很强大很霸道 是不是
他们从来就是这样 在成人世界
他们也是这样 来吧
爸爸跟你玩 爸爸跟你
下对角棋下成三棋下跳棋下象棋
下海军陆战棋……

怎么 不 你还要去

好吧 把眼泪擦干
你就再去试试吧
爸爸在家等你

2001.5 昆明斗室

2017.3.15 修订

看它凋落

玫瑰在光影里凋落
以光的形式
伤感是黑夜
从晌午的太阳下到来的钝痛

这一天　我在凋落
我感到一个女子投河

我特意买来一束玫瑰
看它凋落　我看见
一个女子投河

听说黑压压的两岸
死鱼般的眼睛比天上的星星还多

2001.12.8 作

2017.3.15 修订

错　误

因为我预感　所以是我的错
因为我沉默　所以是我的错
因为我退场（或自杀）所以是我的错
这就是你的逻辑

2001.12 昆明

剪指甲

晚上
我给七岁的儿子剪指甲
刚刚剪了一半
剪刀下便冒出一阵隐忍的哭声

疼吗？摇头
不怕细菌腐蚀吗？摇头
难道你想做一个野人吗？
摇头
又点了点头

继续剪指甲
我发现他的指甲
刚硬
铁青
在剪第九指时我的刀下冒出火星

剪第十指时我的剪刀开始卷刃
（爸爸　请留下我的最后一个指甲吧！
为什么？）

他掀起上衣
我忽然看见一道灼痛的紫光
一道暗红伤痕
深长

2001.12.19 昆明

2017.3.16 修订

黄昏效应

多次询问自己：我的太阳
是不是已经偏西

我总感到，有一位疲惫的老人
借着黯淡的天色
无数次对着我走来
阴影越拖越长

呱呱坠地，我就望见了
这位老人，在一条风雨飘摇的
泥路上行走

近一段时间，我的脑壳像一只变质的鸡蛋
老是晃荡。我刚刚起床
它就晃荡。我匆匆上路
它就晃荡……我启程不到一会，

人们就说天色不早了，得赶快回家

路上
人们正急急忙忙往家赶

回家？
——我不回家！
我正在途中，我怎么要回家
我不回家
我要赶路……可是人们
都匆匆回家而我不回？

不
我绝不回家！
家里只有埋葬我的黑暗……

可是太阳
可是黄昏
穿透我的黄昏……

忽然，我的醉意
就上来了……一种比黄昏更难堪的颜色
把我刺痛，我的血又浓又稠

流不动

在路上，在四周都不见人家的荒野
我孤身
一人
拼命地往落日的地方走

然而

在可能的方向
太阳又重新升起
可是
我依旧望着落日的地方
我撕心裂肺地哭号
在新的光源下
我成了一个瞎子
大地白花花一片，除了光仍然是光
光光光光……

2001.6.27 19:50 昆明斗室

2017.3.15 修订

放　弃

人们
停在一张大网上，望着我
狂笑

我感到了某种危险
我的盘子空了
我的中国筷子开始发抖

既然
没有什么可吃了，你们——
你们就吃掉我吧

（——这时，母亲醒了）

吃脑髓，请把羹匙备好
让我自己打开天灵盖吧，在那里

脑髓早已炖溶
一汪清亮
吃舌头也不错（它早已废弃在
语言旧仓库的黑暗里）
我的心脏和肉体
业已
在中国的酱缸腌好
可能有点苦
可能有点酸
同类，将就吧！希望你们比我
吃得聪明，吃得美

（——母亲在阴宅翻了一个身，说
“你这个孽障！”）

母亲，恕孩儿不孝
可是，我的生活没有太阳
我甚至后悔当初这样。——您看
一只猫
一条狗
暖在人的怀抱
安好无恙

啊，母亲

您掴我的耳光吧

孩儿活到这份上，我选择

放弃

您赐予我的肉身

放弃大孝

2001.6.27　13:45　昆明斗室

2017.3.13　修订

怀　乡

云南的那个午后很亮
饥鼠爬满房梁
一个多月　我收集秋光
仰卧病榻　我直直地望着南窗
望着屋檐下悬吊的故乡

眼睛干涩
窗子敞亮
一条隐隐的河在谷地潺湲流淌

听说它很忙
在山岭高原盆地有一个多月的激荡
江河到海的道理我知道
不知异域的这条河是否流到我的湖北
流到我的巫楚流到我的公安
流到明朝三袁磨墨奋笔的地方

流到天上翻晒棉花的故乡

此刻
应是谷镰歌唱犁耙水响
我谛听——
我的生父就在那里
那个停在记忆的中年劳作不息挥汗如雨的生父
那个雄性勃勃激情四射力大如牛的生父
那个堆垛码草耕田使牛十八般武艺全能的生父
那个茅匠糖匠篾匠豆皮匠面点师民间艺人的生父
那个民医巫师身怀绝技的有史无记的
身份可疑的庄稼人
他的狂热他的黑汗他的民歌
全部蒸发在了人民公社的田野
在那片被历史的记忆遗佚的江南水乡
我听见了他如牤的喘息
听见他梆梆梆梆梆地扳稻谷
听见他拖着方形木桶噗噗噗地走
走到生满车前草的田界
听见他抚了我一下
给我一把野荸荠就扳掉反扣的青花瓷碗
一如他当年在田界上生猛地扳倒还是待字闺中的
地主小姐的我母亲

于是我听见了
小金钱苜蓿草鸭舌草肉绊跟草的呻吟
听见一首民间古歌
——就在南窗下
我一点一滴地听
听见八哥飞
听见牛儿饮水

哦——
屋子很亮
一条暗河在谷地潺湲流淌

而
可怕的黑鼠
已爬满我破败的房梁
我身如糟瓜
但衣襞内的针脚缝合了那个梦幻之夜
那个抽丝的青布袋

在妈妈的湖北公安
我的湖北公安
在那熟悉的松西河畔

在她的黯寂里
——她头上的那一团温的漂泊的雪
伤我但更烫我
还有那架纺车
那架在冰天雪地中的陡峭的纺车
那架整整一冬潺潺流水的纺车
那架在冬季里也春暖花开的
歇满蝴蝶蜜蜂七星瓢虫金龟子的纺车
那架宁可独自沉渊独自承受大寒的纺车
却从曙光中的地平线上驮来了一个又一个
我们庆典般的红日
哦……妈妈，您多让儿子我怀念
我多想永远冻结在那消逝的时间里
冻结在那架纺车里
冻结在那曲童谣里
那曲红果果绿果果庙里和尚穿梭啰
梭呀梭燕子窝燕呀燕排铜钱排呀排铁拐拐……的童谣
我还没有学会
我想再听一会儿
——哪怕一小会儿
那裸着光脊噼啪一声爆灯般的打榧子的响
我多想再来一回

哪怕是一小回

还用您的那拐弯的畸形右拇指

还是坐在那棵苦楝树下……

——听说男人钻了女人胯裆长不高

我就想长不高！

我还想抱着您的大腿在您胯裆里稚气地钻几回

多少次 我流着泪

隔着距离隔着岁月隔着如烟的往事隔着

说不清的愁絮隔着悔

我看见我儿子抱着他妈妈的腿

儿子钻来钻去

我流泪……

妈妈呀

天地间我再怎么长号也送不出这一声“妈”

再也迎不回

啊 无论怎样悔

地对空

空对地

一切（现实的烟尘）与我远距

新鲜与妈的乳馨内化为骨头的回忆

一种病中之病与异地之斥的空泊摧毁了我的胴体

妈妈

我已无法就医

1998.2 作

2017.3.15 修订

一个没有时间的人

在
别人的城市
别人的时间中

偷生

我曾
多方　历经种种努力
结果　都一样

别人的

像一枚果实　我
散佚在这里
散佚于这滇东春城的一片阒寂
迅速弥合

大寂无痕

满街的鱼
满街的喁喁满街游荡满街慵懒满街沉潜

无我
无名
在别人登记过的时间缝隙中
漂浮
而
我的时间被挂上
一把锈锁
我是一个需要暂住证的人

2001.6.2 14:25 昆明斗室

2017.3.15 修订

阴 郁 的 射 手

扳机
像脆弱的细枝一样折断
而“果实”坠落
杳不可及

空中不见弹孔
事前没有迹象
落体没有一点擦痕

看不见的射手和霰弹

倒下的
也许是一片时间
也许是一个噩梦

难道有比岁月更空的霰弹

比忧伤更深的射手

2001.6.29 11:25 昆明斗室

2017.3.17 修订

午　夜

题记：历史是一个我需要从中醒来的噩梦

——爱尔兰作家乔伊斯

引言：2001 年 3 月 18 日凌晨 1 时许。在云南文山壮族苗族自治州砚山县的一所名叫育才的私立学校里，发生了一起校长毒殴教师的事件。当时深睡,突然一声“救命”响彻整个校园……校长杨某、他弟、表弟和妹夫四人正毒打一河南籍初三毕业班李姓老师。原因：策动罢课。李老师当场喋血，瘫倒在地。有黑龙江籍李德发老师夫妇上前劝阻，其老婆手背被砍了一刀。据言校方欲用麻袋套装、死狗般扔到山里。所幸学生报警……

2001 年 3 月 18 日
夜……
阳历的阴面

喋血

那夜　一个叫校长的某物　击碎
你草根的笔帽
舌苔脱落
须臾
鲜血漫过你教服的上装

那夜，听觉退避
木耳
一把云南的辣椒　卡住历史
文化的咽喉　那夜
对不起，我的先天性的老年痴呆症犯了我的
钙质匮乏的双腿
发抖

校园
地狱的死寂

那夜
我听见你的河南老屋呜咽
你的洛阳呜咽
你的贤妻和娇儿呜咽
你的老父老母的黑棺呜咽
你的指甲缝中的中原泥土呜咽

你的出生地　灵幡呜咽……

乌云密布

你何罪之有教师们何罪之有为何
在围墙内的自由里还要扣押我们的暂住证为何
绑架我们的睡梦棒打我们的良夜为何
在锁孔的节日中还要监视我们的时间为何
拆毁家书
谁赋予你如此大的权力

牛马的劳动也有吃草困圈的要求
这些知识人跨省从黑豫皖湘鄂川进入滇中
跨地域地奔赴西部难道
追索的就是一顿棒酬难道
为的就是进入这加密的领空　　而且
封杀病房
叫喊与阵痛……

哦，太可怕了那个夜晚！
半根中指在草坪
半颗牙齿在房上
半截木棒在操场

半个脑袋在晃荡

半个人影在凭吊

半只纽扣翻白眼

一绺白发

一层霜……

那夜，我见证一枝纯蓝

血溅

教育的酱缸

翌晨

太阳化妆

学校正从

一碗云南米线过桥

秩序井然一切正常上课下课有说有笑

高音喇叭

正播放《红月亮》

2001.5.17 作

2017.3.16 修订

看看表演

题记：不断回到自身的存在境遇，
　　　亦即历史与生命的现场中
　　　　　　　　　　　　——王家新

记得在滇南的那个下午
一个橙色的薄膜袋从巴士递出……
突然太阳
一黯

那个下午的云南砚山
沉寂

全体师生等在这个下午
湖北的李校长四川的查主任等在这个下午
后来起草罢课檄文的河南老李等在这个下午
参与罢课的黑龙江大胡“马克·吐温”等在这个下午

参与罢课后去昆明《生活新报》的皮相等在这个下午
在这个下午到来之前他们就把这个下午
阳光灿烂地过了一遍筛子
预过的这个下午看节目
看节目的这个下午杨老板脸上阳光灿烂
阳光灿烂的这个下午师生们分享端午节的粽子
分享粽子的这个下午老师们的心地没有灰烬
没有几天后的午夜喋血
没有灰烬和喋血的这个下午阳光灿烂地看节目
看节目是把目光像网一样放出去看
别人表演而不是看自己

终于
核心人物杨老板从开远回来了
从开远回来的人一个个都很慢
一个个很慢的人的脸上很慢地洋溢着微笑
一个个微笑着很慢地递出一袋袋的表演服
很慢地递出敲锣打鼓的这个下午
——杨夫人出场很慢
她很慢地打开车门很慢地迈腿很慢
递出那个橙色的薄膜袋很慢
递出那个下午最要命的袋子很慢
递出人们屏住的呼吸很慢

递出所有人的吸管般的目光很慢
砚山代校长李华登场——身手矫健一个箭步接住
他把查主任把全体师生的目光接住
他打开一看
——全场都惊呆了！

甘蔗渣
原来是一包杨夫人很慢地嚼过的

整个砚山端五的这个下午就这样
被嚼了，所有的人都过电似的被很慢地嚼了一遍
扔在下午
扔在这个橙黄的破袋里
——就像那团甘蔗渣

2001.2.5 作

2017.3.16 修订

辑 四

午夜土地

忽　然

忽然屋角就出现了人
忽然就收拾破布景
忽然走空了的房子就填满声音

忽然空空荡荡的中央出现了
　　　　　　　　　一只茶杯
忽然茶就掉下一寸
　　　　　又掉下一寸

房子忽然就鸦雀无声
天空安静
忽然就有一只苍白的手
在收拾破布景

忽然就听见茶
　　掉下一寸

又掉下一寸

1992.8 作

2008.2 修订

父　亲

父亲的册页已然脱落
无根而漂泊

他的马去了南山
铁器时代的红亮反而锈住了父亲

父亲住在破烂的段落之间
父亲反反复复
农田荒诞不经

年轻的虫豸们正飞快地穿越他身后的农具
经年不息的水声惊心动魄
黄昏的晚钟如雷贯耳

父亲的马已去了南山

1992.4

房　子

几天前
一个医生来看了房子
吐出三个阿拉伯数字

一个朴素的女人来了
一个没有附加成分
一个飘逸着水竹香味
一个越过了修辞草丛的女人来了
她拍出衣襞中几只凤蝶
就低头走进了房子
她就这样成了我日后的妻子

她建议我从木质或水竹的内部
来修缮房屋
——暖和

一天

我携着女人

有血有肉地经过一座孤坟

看见一块别致的预言

看见了熟睡中的医生

和熟睡中的 206

1992.6 作

2017.12.16 修订

你 的 手

这时，你飘了过来
你像一面旗
你的右手
或垂在旗帜的下面
或抛在空中
或向人反复地挥

而你的另一只手
——另一只无处不在的手　却
突然松开
　　　　掉下
　　　　　　模糊
　　　　　　　　遁去

天空高放

你的姓氏火花四溅
那时　我恨不得英勇就义

——可是，慢
　　　　　　再慢
再端详
在你的手眼里
还沉潜着一只暗手
手的手
虚位以待
——尖刀般的锋利

1992.7 作
2017.2.26 修订

您的泪滴落我的草茎

天色晚了
小树林默不作声
忽然　一阵忧郁的风
一个孩子还在找童铃

爸爸喊不应
妈妈也喊不应
夜露滴落你的草茎

（世林啊——）
妈妈的声音石破天惊
妈妈，妈妈，您的泪水
滴落儿的草茎

野地升起夜凉
白茫茫

妈妈爸爸在飘荡

一个声音在天上飞

一个声音在地上迴

一个声音像婴儿

一个声音长满了草

岑寂

妈妈喊不应

爸爸也喊不应

露水滴断草茎

1992.4 作

2013.12.16 修订

张 望

总是感觉生活中
有一件隐隐的黑衣
向我张望

回忆的一只手
常常挑开
旧生活尘封的窗帷
暗箱般的屋子里
早已
悬挂着我的遗像

我不明白
为什么是这样

不明白
暗屋里的有一块破白布

正在抽纱

1992.4 作

2013.12.16 修订

你的手透着一种光

——早春的记忆

昨夜
一个惊雷
兰梦一节节震碎
房檐下
竹竿正滴答着雨水

踏春

走
醉醺醺地走
仿佛在昨夜的梦里走
走在米酒的童年
走在童年的乡野

走在黄干豆腐的路面
走在一只鸟雀的某层天空下
走到了我“乌狗”的那个小名里

红蜻蜓

越聚越多
我看见一个白槐花的少女
（在五岁的时间
在那个静谧的午后）

——她招手

恍惚一拐弯
她娉婷在一棵水灵的槐树上
我不能看少女　却看见一串串晃眼的白雾
一片晃眼的槐花
我也不能看槐花　却看见一间低矮的茅厕
我也不能看茅厕却看见一只粉红的素手
啊　凤姐
——我怕你的那只手

某一刻

止息
在你的十三岁的某一处

白槐花
缤纷

异香包围一只羞怯的小雀
包围我

你的手
透过一种光
红亮
那年五岁抵御不住
你的香

听见一片响
一只幼兽
嗥叫
你的纽扣一排排似骄阳爆豆
一粒粒地崩
一层层地崩……
你的奶好香，你的体好柔
你的那里好烫

那是一个静谧的午后
——我好慌张

你说　听姐的　乖
往里放
没有你想象的那么烫
(——我哪里是怕烫……)
而凤姐的烈焰却在进一步加强
可恨我小　一直未抵中央
辜负了
你在高寒地带的
破冰热望

……而
廖妈在叫
——那个烟脸的廖妈
那个肺泡生满烟屎淌着烟油的女人
三十多年了
一直在我记忆的隔壁
就在我书房的旮旯杀猪般的号叫

烟杆敲断……

抽我吧　凤姐
用我的血代替你
你的错在于你妄想破禁
尝试一下
另一种生活

从回忆的方向我往
回走

……经典般的天空渐次高远
一只古老的雀子
在新春里欢叫

在这个欲望的季节
喜鹊黄莺乌鸫们都叫了
植物们随随便便地长出一皮叶子
又长出一皮　开出一朵花
又开出一朵
但我见过的那棵槐树一直喑哑
那晃眼的一串花
在那一年
那一刻永远黯寂

然而

我要回
到我的折叠的草本
回到线装的那一页　到那里
寻找一只啼血的鸟
等待一朵花　为她
守身如玉

1992.4 作

2017.2.23 修订

一次玩牌

几个性别混浊的人
迅速深入纸片

一张木桌四面扩散
一块蓝布阴谋
一个人的眼里藏着一柄尖刀
几条狗腿急切地输导暧昧的暗号
——此刻，我被迫
深陷一把椅子

游弋

目及门外的平面
（瞬息万变）
目及一物放逐另一物

这一天
一个眼睛在前耳朵在后的人
倚在任意的一副门框上
不动声色地目及事物的正反两面
几个颜色越来越深的人
滑翔于四散的桌面
——某一刻

血管偾张

一人手在上面摸
一人手在下面算
一人无情无意
一人大摇大摆

不知什么时候
屋里升起了口哨
一人哼着一支歌
一人五指并拢
一人姓氏滴血

有人如厕
有人倒茶

有人点燃一颗烟

云雾袅绕

我看见一些面目不清的人
薄薄地插进来
于是　一群陌生人开始与我们玩牌
……别人打我们的牌
我们出别人
别人出我们
别人出别人，我们出我们

我不清楚我们是谁
谁是我们　是谁的一只手
在打牌

也许
是上苍的那只手在打牌

1992 作

2013.3 修订

物　像

暗物涌现
逆光中看不清你的面孔
看不清的什么
正在破碎

青石上矗立的是你的全体
声音在虚构的空筐中心发声
你太深
我不能触及到你
可是，你

回闪

那是一道光，比刀光还快
然后是

你迅速消失的容颜

1992 作

2017.2.28 修订

我的小鱼　我的泥

在一条傍晚的机沟里
我捉了一衣袋未睁眼睛的鱼
就摇摇晃晃地开步往家走

爸说你要结婚了
我说我要结婚了
妈说你也该养孩子了
我说我也该养孩子了
姐说你看你的一嘴黑胡
我一摸嘴
果然就摸索到了
不知哪儿弄来的一嘴黑胡

我说我短裤里有机沟里的小鱼
腿上有机沟里的稀泥

媒人拍着我说
看，多好的身体！
爸说快结婚吧
妈说快结婚吧
姐说快结婚吧
我说我该换一件新衣
我短裤里还有机沟里的小鱼
我腿上还有稀泥

——可是我身上已着新衣

啊，可怜我的小鱼
还有我的稀泥！

1992 作
2008.6 修订

坏东西

画一条猎枪放在树林
你会惊奇
为什么没有拍翅膀的声音
一只猫不可能无缘无故地
去勾响猎枪
一条虫误蛀枪托
鸟自自然然飞去啄虫
鸟可能啄到扳机
枪可能放出最初也许是
最后的一枚子弹
可能误中一只年轻有为的雄猫
雄猫也许是去捕老鼠
雄猫听见枪响可能把身体放得端端正正
一只过街的老鼠可能要打着旗帜
幸灾乐祸
一颗粮食可能要痛哭流涕

鸟可能是世界上最坏的东西

1992 作

2008.6 修订

浣 洗

一个看了风景的人
回到傍晚的斜坡
与另一个人
交错

在居住过的风景中看风景

回忆之水退下来
一个红衣少女干净地走过隆起的沙丘
一张后现代的白纸在突兀的江面上飞渡
一张无声无息的渔网如一缕黄烟
一群深水的鱼儿跌跌撞撞，睡眼惺忪
一个牧童哞哞地沿岸呼喊
一群休探亲假的耕牛爬进青皮的树洞
它们像金龟子一样轻松

空气像干燥的树叶

看，仍然是看
看是一种开放
一种纯净
一种撤除栅栏
重瞳在生命的中心
停住
飞有如不飞
在一定的空间止息

景物
清晰——模糊——清晰
从一种清晰抵达另一种清晰

浣洗

继续推进是一片空前的开阔
在深邃的尽头是一个高凸
一个通体透明的人
完成了朝这边的张望

于是走下身后的缓坡，走下夜空

世界已是一片澄明

1992.3 作

2013.12.16 修订

回忆草虫

被看见的
还有草虫

某一刻
草爬动
草开始成为草虫

一个人走了
　　一个人留下

草虫
蹭上她的脚背

一条虫走了
　　一条留下
一模一样

无限的草虫

草虫收容了
她的头发

在空屋中

1992.3 作

2013.12.16 修订

空房失眠

远涉重洋的一只雨燕
压住房檐

空房失眠
　　夜色
　　　　无边

1992.3

一种非分之想

冬天的大街没有出售的树叶
但也不可拍卖一支鸟羽
鸟不可能在我的一首诗里
泅渡冬季
纷至沓来的漫天大雪不是树叶
也不可能是一场梦

秃林
——鸟无法振膈飞行

大雪你可能要穿羽绒服
鸟可能要寒冷
借据再美也抵不上一支鸟羽
再没有内容的女人
也不可能拍卖幽亮的头发
为了填肚子，你也不可能一颗一颗地

敲掉牙齿去做买卖
鸟泪可以洞穿坚冰和冬天
拍卖鸟羽可能获得昂贵的鸟泪

可是前景
一切难料

1992.9 作
2017.2 修订

逗留海南

这一天，我只想吃一碗面
虽然椰风与南韵柔软
　　一块玻璃很蓝

水与盐平静

　　虽然有一些纸在飞
　　一些比纸更真的白鸟在摇

　　在触及不到的一片空间里

深睡眠……
　　然而，这一天我
只想吃一碗面

我用最后的几粒湖北大米进入岛屿

不能否认，我看见了岛屿的天空
“砉——”地推进的国家后工业社会的前景

而这一天
在关闭“前景”的黑屏的这一天
　　整整一天
我只端详椰子。我只关心近处的
一颗光滑椰子
　　——它也许很酸
但我不怕这种“酸”

而这一整天，我干净

傍晚我在岛语之外借鸟窝过夜
我梦见鸟嘎嘎嘎嘎嘎嘎嘎嘎嘎叫着袅绕着我的
梦境飞
　　　鸟终夜不归
我的梦孵化鸟蛋

一只鸟
在第六维
　　飞

这一夜
　　　我彻夜无眠

这一夜我思念一只鸟
胜过妻子
这一夜我反复温习“功课”
这一夜，饥饿。但我不吃鸟蛋

太阳很浅地照我
犹如蜃气中的退潮的沙滩

我学习并涉过自己坚硬的水
我醒了

月亮很高
太阳很低

1994.12 作

2017.3.15 修订

听　歌

鱼脱离了水
于是就脱离了鱼
食客在一个隐秘的地方等待
鱼鱼鱼鱼鱼鱼
永远的鱼……
食客就要来了吗
　　——短命的食客

1　2　3　4　5　6　7　i

食客吹着口琴
（也许是弹着一把木梳）
鱼入木（也许是入水）
鱼听歌
鱼安安静静

食客来了吗

——隐秘的食客

1 2 3 4 5 6 7 i

食客弹着一把木梳
（也许是吹奏着一把口琴）
白色的木梳
鱼入木（也许是入水），好疼
鱼忍着疼　从极高处
入水
轻轻松松地游泳

不要望了　望不见了
鱼儿已游入水的深处

1994.3 作

2012.12 修订

回　家

这一年　闪烁不见
一个已婚的女人与我同眠

蹚过一道响水的河
——瓦河
走过一段暖色的缓坡
就到了女人青竹的故乡
我接受了她
接受了她屋顶的落木
——她携着一个“秋瓜”
还有满屋柚的清香，及屋漏的
一杯苦茶

很多年后
我们白发苍苍
人们都去了铜最丰富的地方

唯有我的女人
唯有她一人
轻轻地贴着我的后脊
贴着距心脏最近的地方
借着傍晚钢蓝的雪色
坐上我的脚踏车
——飞奔

那年很寒冷
那年雪下了半个多月
那年晚上四野茫茫一片
白白的一片大寂
一个活物也没有
一个人
一条狗一只獾一个黄鼠狼也没有
瓦河喑哑
村庄喑哑
田畴喑哑……
在这个奇寒之夜
一对老夫老妻 踏雪
偎着贴着

回家

1998.1 作

2014.2.15 修订

读史有感

太阳很久就挂在天上
我从渊面黑暗的海中爬上来
很远就闻到稻米的香
海阔天空的一颗米

吃了米我便开始发臭
愈臭愈成长

太阳是一种大光
光为昼
暗为夜
夜入土

土地黑气沉沉
我凸现
大光照我

大影入土成为夜
天地之间
我深刻
影也深刻

人的两腿之间
即故事的民间
石头被迫重新诞生
把玩了几个世纪的石头
石头诞生了人
诞生了人的尊严
也诞生了人的禁忌

可是　铜

耳朵　忽然听见
很久的铜
铜在远方聚集
铜照亮
晚于铁的照亮
是铁的锋利划亮了新世纪的曙光
但最后出现的铁最寒冷
铁高过人的头颅时人开始颤栗

任何时代都有过潇洒的血

深沉的血

悲壮的血

——活祭的血

血涌的地方世界豁然开朗

但血冷却快于水

当膨胀的铁迅速收拢

这时　风闪亮

历史微凉

1997.8 作

2013.2 修订

我的树

我看见树成长
看见树长出一匹叶又一匹叶又一匹叶
看见我的地上出现一个阴又一个阴又一个阴
太阳出现
在边缘擦过，在另一边滑下
我的没有见过太阳的树
我的见过太阳打着寒噤的树
我的没有见过太阳出现一个又一个阴的树……

阴是一种物
有阴的树则有阴
无阴的树则没有阴
明晃晃的太阳也没有阴

我见过一种无阴的树
它不长叶，不长阴

它在没有外源的情况下通体光明
一种脱离物之所以为物的光明
一种不见了病不见了虫不见了鸟不见了世界的
白色光明

当我的树还是一颗种子的时候
它就全部地包含了阴包含了病包含了虫
包含了鸟，包含了构成我元素的我的世界
当树开始了最初的萌动，阴们虫豸们就开始了萌动
阴萌动病萌动虫萌动鸟萌动一切都在萌动
我的树必然产生我的阴
我的树必然产生我的虫
我的树必然产生我的病
我的树必然产生我的鸟

阴是我的命病是我的命虫是我的命鸟也是
我的命啊！没有阴我不会深刻，没有虫我不会驱动
没有了鸟我便没有了蓝色的自在
没有了浩瀚的视野没有了诗意的人生……

有时我在一定的天上飞，我看见了
我短暂的树，我看见了逐渐扩大的阴
我看见了美丽的虫屎。我知道

我的鸟必定要到一个阴凉凉的世界中去飞

药是一种必然
药是一种宿命
药是一种妆成白衣的黑参
我的中药，我的一生的中药
一直低调地长在我的树旁

药来了
它紫气氤氲，很快地袅绕并且遮去了我的树
一张或者两张释家的纸希望超度，一个又一个
远途跋涉的偶像希望救赎
——指望抵达那个佛陀的世界吗？
　　　　成为一棵本来无一物的菩提吗？

不！请让我说不！那不是我的魂灵之所在
我需要另一种消失，需要另一种融化
就像米粒融化为一汪清亮的水
就像落英化入泥土……
在融化中，我听见一片蓝色的时间。这时
一种视野，一种眼光便出现
在广袤无边的地方，一种新的光
一种引体向上的光

愈远愈发亮

1997.12 作

2017.2.28 修订

谷物生存的乡村（组诗）

七月

村子那边七月黄了 七月弯了
七月安详地等待着谷镰

霍霍　霍霍……

白色的暑气将七月的枝枝丫丫沟沟
坎坎弥漫
七月的丛林里到处响起一片雄壮的
磨刀声 谷镰的闪亮声
七月的谷镰甚至会闪过八月去
成为庄稼人一年的梦境中最亮最亮的
光芒

霍霍　霍霍……

磨刀啊磨刀

远远地就听见了磨刀

庄稼人吼着：下谷田

吃大肉喝大酒流大汗吃大亏下谷田……

是的 在一年中太阳最亮的光线里

庄稼人纷纷走近了丰硕的谷 走近了黄色的世界

最最懒散的庄稼人也离开了牌桌

抖擞着精神摇动着姿态走近了谷田走近了谷

谷的光芒穿透了七月里的陈腐与暗角

谷田的辉煌必定成为一切

坚定不移地走近土地的辉煌

毕竟是人的必然姿势

是生命之中深藏的谷

与预期中的谷的本能的呼应

什么也挡不住

进入七月 庄稼人单薄的衣衫开始汗涔涔的了

汗了又干 干了又汗

当鸟儿们飞过江南

庄稼人正在田地里流着黑汗

醉人的汗纯粹的汗度数最高的汗最闪亮的汗

穿过历史烟云的汗是七月的汗

汗是什么？汗是纯自然的吗
不　汗是制造出来的
汗是劳动者的特产
汗是庄稼人的琥珀啊
正是因了这历经酷暑历经高温高压的汗蕴含了
夏季黑色风暴的汗充满了酱香与酱色的汗
七月的意蕴才显出丰富的深度啊

七月过去进入八月便开始微凉
企及或注目或等待一年中秋季里的第二个辉煌
可以暂时不管
庄稼人必须迅速地收拢了七月的谷
插完了八月初的秧　才有可能喘着粗气眺望秋季深处的谷啊

是的　秋季滴着口水
秋季深处的谷堆可能像日本的富士山一样
又高又美　可是　七月
火辣辣的七月炙伤人的七月焦灼的七月
魂牵梦绕的七月使庄稼人一下子黑瘦的七月
风暴骤然席卷的七月新米上市的七月
又怎么叫人忘记得了呢

1997.8 作

2012.8 修订

谷物生存的田庄

堤外水急
堤内刀快

时间翻到挂历上七月的这十几页　纸面上顿时
扑来了南方的风物：南方的骄阳南方的雨水南方的草木
南方的谷物南方的新米以及南方的馨香
南方正像一位成熟的姑娘

这十几页　这也许是草草率率毛毛糙糙迷迷瞪瞪
囫囵吞枣机声腾鸣人畜欢叫的十几页　然而
不容涂鸦　即可迅速装订迅速出版一页页
一幅幅动人的风俗画——伯侄叔爷们挑着谷禾
婶姨媳妇小姑们抢割　老爷爷与一群活泼的孩子一田田拾穗
老奶奶摇着碎步撑着油伞给人们端茶送饭送来盐茶煮鸡蛋

我再也忍受不了笔下的精致与书斋的优雅
我与我的诗思早已深入到了谷物的乡村
深入到了乡村的田间——镰刀与谷物蜜语的田间
虫虫们向稻穗挥泪的田间　庄稼人世世代代手插泥土
世世代代对土地虔敬对土地感恩戴德的田间

我感到了一幅雄性十足的图景——抢收七月
一支快速反应部队
一支强有力的农民军 行动了 开拔了
在洪峰到来之际

堤外水急
堤内刀快

他爸 还割一会 星星已出来了
他妈 还割一会 月亮也出来了
嘿！ 把轭套好 把绳子系牢 紧握扶手
驾！ 山高的一堆谷物动了
整个田地都动了

辘辘 辘辘 辘辘……
路上不熄火
道上不断人

辘辘 辘辘 辘辘……
车轮终夜滚动

被什么事物所吸引
被什么事物所照亮

是什么事物使人们乐此不疲
是什么事物使他们发疯着魔
又是什么事物深不可测……
——使他们一代接一代走向敞亮的田野

是谷啊　是谷
是谷们在地下叫在心里叫
是金灿灿的谷子在心地涌动……

谷是谁？

谷是庄稼人的骨
所有人类社会的谷
谷是庄稼人的哲学
谷是庄稼人的美学也是他们的思想
谷是庄稼人的人之初
掰开一枚谷　一个庄稼人就一路走一路脱衣
迷迷瞪瞪摇摇晃晃地走了出来　像新米一样放亮
从此他们就风风雨雨地走在田野　从此
他们就要历经寒露霜降小暑大暑小雪大雪的种种考验……
最终　他们是要把自己锻造成一枚谷——一枚优秀的稻谷啊
谷是他们的民俗他们的品质是他们的忠诚是
他们无所不在的禅

谷物的颜色很简单
简单的颜色最美丽最复杂
庄稼人世世代代看着简单的颜色过着简单的生活……

请让我把写诗的桌子向田庄移近　再移近
让我的桌子直接撞落谷子撞落汗珠
让我写诗的空白纸页在田野的雾气中濡湿
让纸页上直接涌起村庄的湿太阳
让田野的镰刀直接照亮我纸上的夜晚

哦　不是去写他们
而是去成为他们
——其实我们都是庄稼人
在一些跻身于城镇的人中每五人
就有四人其实是庄稼人　是攥紧票子
滴着黑汗的地道的我的种庄稼的农民兄弟　那
另外的一人起码也是庄稼人的后裔……

高矗的谷堆是庄稼人的塔——金字塔
世世代代生存的塔
他们把历史的岁月　岁月中的波折
及生命中的晶体收拢来　他们把日月的光辉
和四季的甘露收拢来　砌成了庄稼人自己的塔

他们像佛教信徒一样守护在自己的塔下
他们安静
他们什么也不说　什么也不做
此刻 汗珠子落了　衣衫干了　虫子及季节的风暴远了
洪峰也听不见了 在蓝得滴水的天空下
只剩庄稼人和他们自己的塔了
他们一下子遁入自己的禅遁入了一种陶乐的境界

那么诗人的塔隐在何处呢
那个终极的塔一定很早就存在着
且像照亮历代诗人一样照亮着我们
我们应勤勉地工作积极地工作
争取努力接近那座属于我们自己的塔啊

1997.8 作

2017.3.15 修订

我的谷啊我的谷……

一天
打开仓廪
撮谷
可是　流出的谷忽转轻轻地流向空中

——“谷”愈升愈高　愈高愈升
它们没有飘散
它们有序
聚集
旋涡一样旋转　形成一个
　　黄色的云朵

仿佛有一种无限的外力
运作它们

我的注视仓廪的目光转而仰望着这黄色的云朵
——这升上天空的陌生的云朵
久久仰望……
　　我开始很不体面地流泪
哭泣
我的仓廪空了
谷空了
心空了……

我想起了我的南方
想了那块方方正正的稻田
国家交给我的责任田
我的辛辛苦苦经营的土地

我的祖祖辈辈的希望
我的比金子还贵重的稻谷……
然而一切的一切
全飘浮
化作了天空
　　无情的现实
——从播种　插秧　施肥　施药　管理到收获
多少耕耘
多少汗水
多少泥泞……
全飘化为空中这朵陌生的云

全
化为乌有

类似的遭遇
在类似的家庭类似地发生
庄稼人一个接一个走拢
走到云阴下
苦着脸
顿足捶胸
撕肝裂肺地喊着：
“我的谷啊我的谷……”

我看见中国所有的庄稼人走拢来
世界的庄稼人走拢来
集结
在这朵云阴下
我看见天上的云朵呈几何级数增长
越增越厚
人们脸上的阴云
越来越暗……

一家家的仓廪浮起来
祖国的仓廪浮起来
世纪的仓廪浮起来
人类的生存怎么办啊怎么办

而“谷”
还在上浮
谷们越来越轻　越升越高
世纪初的天空　一个新的云朵就这样诞生了

我注意到云朵之上
蹲着一只巨兽
一只
目空一切的巨兽

它虎视眈眈　逼视着同样目空的人类
云朵的体积在这种持久的对峙中加速

膨胀

巨兽膨胀
成为天空

全体

人类在巨兽的阴影下活动
看不见太阳　看不见月亮
一切
在空谷中

空茫

1997.8　作

2017.3.15　修订

午夜的土地

在父亲的睡姿中
我看见泥土的情状
庄稼静穆

把所有的交出
把劳动过的手也交出
把最后的物质交出

多么好
长久地在这里面

聆听

树枝休息
泥土涌动
叶子悄悄地搬运

深土层中小动物狺狺

多么好
父亲 你休息

最后是土地的一片紫光
最后是土地中飞出一枚神奇

在这里
——仍然在这里

1993.7 作
2017.3.15 修订

子虚乌有的乡村

此时大地很寂静
地上没有一些散散落落
参差不齐的茅草房
房前没有一只黑母鸡在草垛下安静地觅食
没有一只哈巴狗在洞里要打哈欠
村子仿佛走空了
没有两只脚在房子里一上一下地踏
稻场上没有一摞一摞的稻草垛
没有翅膀在天上轻轻地摇

忽然
黄昏
到处彤红彤红

没有一个人在地上走
草垛间没有做了一半撂下的活计

没有一个人在村西头的古井边等待濯洗
没有一只公鸡扬起脖子打鸣
扬起的脖子也没有人听见它的声音
没有一间茅草房矗起黑洞洞的烟囱
矗起的烟囱也忘了升起黄昏的炊烟
没有一间房子要关门
没有一只鸡欲进笼
夜色忘记了这个村庄
月光忘记了这个村庄
记忆忘记了这个村庄

大地很寂静
没有一只鸡在草垛边安静地觅食
没有一条狗在地上跑来跑去
门洞开
村庄洞开
没有一个人在地上走

1992.3 作

2017.3.15 修订

悼 亡 三 题

上树

——悼亡友李德金（一）

上树时
你喝了不少烈酒
耳朵也许发聋
没有听见你的麦田
整个冬季很安静
没听见你夕阳的黑影
浮动

你上树时没有听见
一支铜唢呐
如
　夜凉汹涌

你上树没听见皮下
血的狂吼
没听见身后的稻场亮若白昼
娇妻小女在失望的空心里
顿足捶胸
你房前已搭起简陋的凉棚
你父母给你的那具俗物
沉潜在一张过期的底片里
一动不动
你旧日的狐朋狗友
阴魂般
游走

而
你还在上爬
上爬的还有孩子的那双
冻伤的小手

1992.3 作

2017.3.15 修订

太阳落山

——悼亡友李德金（二）

没想到刚到中天
太阳
发蓝

做梦也没有想到
你提前地走
带着遗恨
带着周身的寒冷……
没想到见最后一面我们

给你点灯

朋友
——你不能让你白发的父亲
生活在你死亡的阴影里呀
你让你父亲生活在你阴影里
但你不能让你年轻的妻子
生活在你的阴影里
你让你妻子生活在你阴影里
但你不能让你梦虫般的孩子

生活在你的阴影里啊

朋友，我们真恨你！

一个逐魔的人

——悼恩师陈善文

在一个华丽的日子里
您停止了呼吸
空气中突然铅进一种沉重的东西
我的目光无法抬起

我曾多次劝您
为了您也为了我们大家
请您尽可少量开采午夜后的黄金
请您尽量戒烟戒了这种毒品
您需要创作的不仅《戎马诗话》
还有《巾帼英雄纵横谈》还有……
可您不听
您好像在逐魔又被一个黑魔所追击
您用命拼
——然而，您最终还是招致不幸

留下大堆的书稿和笔记

还有什么说的
您已是一根竹竿
撑着空衣

好几天
大家都沉默不语

还有什么可说的
我们提前成熟
替您活着
做一代新的逐魔人
继续逐魔

1990.3 作

2017.3.15 修订

辑 五

断片

灰烬之上

1.

一个艺术家对他所处的时代来说永远是一个境外流浪者，“流浪”（或“边缘性”）一词给艺术家以万劫不复的蓬勃的（或永不被驯化的）野性。

2.

创作一个文本之前，我的确有一个意图（或根植于内在的一种冲动），但这个意图不是人物或主题之类。是形式。确切地说是一种理想，就像对一种至福境界的热切想望。它神秘、新奇、陌生，它刻骨铭心地存于我生命黑暗的最深处。它折磨我。为了它，我寝食难安。它残酷的美使我消容，甚至使我受伤害；它摧残我并让我耗尽一生。

3.

一次写作的目的就是一新的文本最初构想本身，包括了始，也包括了终。

4.

我不同意轻率地将形式斥之为一种外在的东西。严格地说，作品的形式是事物存在的本质的反映，生活中本不存在现存的艺术形式，它需要生命对事物的经临，感受、感悟与谛观。形式应该是事物最内部的幽邃的呼吸。

5.

“轻”不一定很坏，“轻”是一种变化而来的美学（或说很美学的），是一种艺术；“轻”可以是一种超脱，是一种距离。把一切变“轻”,把历史上的沧桑,把岁月中的苦难，把苦难中的泪水写得很轻很轻，一种重的轻，于是我们便会愈写愈开阔……

6.

我年少时便萌生了这么一个愿望，企图使一些废纸闪闪发亮。所谓废纸，即那些发黄的、一般认为不可书写的，或被人们揉搓变皱的、随意扔掉的，甚至是肮脏的。让它们重新舒展，重生，变得有味、耐看；让它们重显光辉；让人们捧着它，一遍又一遍地深入，长久地经临或驻留，久久地怀想，从而生命得以再度的升华、超脱……

7.

一次写作,应该相当于一次灰烬（或废墟）之上的飞行。

空前的、零度的，从来没有过的。我知道有难度，但我愿为此努力并耗尽一生。

8.

经年不息地沉湎书卷，使我产生了走出“门户”，浪迹天涯的欲望。当我在世界各地行走时，意外地发现自己仍旧没有走出一本书，没有走出一本打开并且翻动的书。书中之物将我贯通，使我对我的生命之“在”产生了一种类似纸质的印象。这点很可怕。

9.

“河流”纯属我的一次灯下漫笔，一次不谋而合的杜撰；“船”是我杜撰的另一征象的某物，而我却获得了一种真实。可是文字毕竟是一种纸上的书写符号，它根本不能等同堤外的一条河及河上破浪的小船，这又使我感到窘迫不安。

10.

曾经是一个“思”的人，偶尔也感到“不思”的困难。“忧”是一种“思”，一种黑色的“思”。它从生命内部的最深处控制着我，使我刚一静便不自觉地摆出一种“忧”局（我知道“忧”对人的斗志是一种伤害，但又无计可施）。当“思”找不到出路时，“忧”便成了一种“愁”。这是人的末路，也是我必须克服的。

11.

当我努力说出，却都已陈述；欲重新发语，却突然喑哑。在瞬息而永恒的光芒中是空茫而深邃的乌有。在悠久的期待中，早已空荡的眼腔里，我是多么想拥有，在一些零零碎碎的日子里，我踽踽地走过，我苦苦地咀嚼，我终于独自承担。我在一种“0”度的宏大弧形中失落失望，又从失望之所背井离乡，到处流浪。我曾惊愕，我曾痛哭，我曾大叫，但是我最终缄默。我知道有些东西难以逾越。也许只能谛观或窥视，也许只能是远临中的颤栗，甚而是获得前的永恒的寂灭，但我无法改变。然而，我没有学会放弃。

12.

一次纯粹的（也许是不朽的）写作是惨无人道的。在寻索美构与人性的栈道上，伤害甚至摧毁了人的生命性和存在——这就是代价。

13.

深入地诗思，发现诗的纵深处竟然是无诗的。

14.

一个艺术家在完成一部作品时应不遗余力。创造中必须人为地与世隔绝（酿造诞生作品的一种氛围是必要的），与俗常世界保持一定距离是必要的（以保证艺术的纯度），必须有一部分时间用来进行内部建设，纯化自己，提升自己，使自己永远充满灵光，用一种相对清洁的生命去感受世界。

15.

在纸上的漂泊中，我呼唤并期望寻索一种新的地粮。我提倡人的不灭，祖先永远活在土地上。认为文学实则是一种变相的考古学。我们不仅要善于从人使用过的器物中，从历史的遗迹与印痕中，从空间的迷局中给祖先和易失的人类把脉，还要善于从当代人的身上发掘我们的仙逝的祖先，发掘人的存在的多样性，从而开启另一扇人的生存之门，进而拓展一种神性的文学新疆界，让先于我们的更古老的词语重新言语。

16.

看了自己现在写的许多诗都不甚满意，而我又不能依照自己的艺术理想创造出具有经典之光的诗来，此时，我只好对诗保持沉默，不想让自己的一双脏手玷污了它的圣洁。

我知道，写诗除了优秀，还需要残酷。

1993.8 作

2017.4.18 修订

云 南 笔 记

1.

人的成熟就是对生命中的黑暗看得更清更深。

2.

一些人的得意与成功往往是以折断别人的意志为代价。但诗人（或内心的歌手）或许是个例外，因为他们的成功必须建立在自己的咯血、创伤与痛苦的基础上。

3.

有时工作是一场噩梦啊！

4.

世界上没有最好，只有更好。

5.

从根本上说人世只有永远的失望，实在没有我们想象的那么美妙。现实永远是苦难和凄凉,失望是它的中心。如果说美好,只是因为我们永远憧憬着;因为我们身怀有“孕”,因为只有通过“孕”,我们才感到了微茫的希望;如果有所寄托,是因为我们一厢情愿地给这冰凉的世界涂上了一层暖蜡,然后我们在自己想象的暖调中心歌唱“啊,世界多么美好!”真正的理想境界在人世间是难以实现的。翻过此页,依然冰封雪盖、寒风凛冽。

6.

当理想的现实在我面前全部破灭,干干净净地破灭。这时候世界只有尽净静,空尽、干净、安静;除了一个人,仍然是一个人;世界是一,一就是世界。这时候,一切都只是自我感觉,一切都只是自我表演。冰上的。没有观众,没有掌声,没有开幕,也没有谢幕;观众只有自己——自己是最忠实的观众,流泪的也只有自己。一切都是自编自导自演自唱自听自观,一切都是自说自话,一切都是自恋自爱。父母、兄弟、姊妹、妻儿等亲人们也懒得去听懒得去观,懒得鼓掌懒得落泪。——不过他们听也白听观也白观,一切都无济于事。

7.

他人即自己的地狱,一点不错。

8.

大家说过，请让我用我的口重说一遍，世间最好的东西是自由。自由的概念就是能够按照自己的意志，自主处事，自主支配时间，自己对自己负责，自己拥有而不被破坏，尊重自己也尊重他人；自由的概念就是在有效的时间内，能够按照自己的愿望毫无阻碍地往自己理想化的方向推进，切近完美，直到极致。

9.

目前对我来说，写作是最后的壁垒，是我对自我的坚守；写作是我对人的良知，对人性与物道的拯救；写作是我对罪恶、对世俗、对虚无、对同化、对异化、对荒谬与荒诞的最后的抵制与反抗，但不是最成功的抵制和反抗。谈不上胜利，也不准备祈求胜利。

写作是对自我的一种消毒，对自我的纯清，对自我的洗涤与防护；写作是一种期待，对自我对未知对纯粹世界的期待。当我的上帝尚未莅临时，写作就成了我的上帝。

写作的篱笆并不严密，到处是风，并且冒险。写作并不安全。

10.

我再一次迫切地感到知音的重要，知音是比自己的生身父母还要重要的人；只有在知音那里，你的价值，你的人格，你的个性及你的向前延展的思考才得以实现和显现；知音是我的赖以生存的“氧”,是我的空气;知音相当于我的再生父母。

11.

家庭的晦暗，可以湮没或毁掉你一半乃至全部的才华和前程，它使你神经肿大、头痛、糊涂，使你的事业缺少必要的“氧”,使你昏聩、老眼昏花,看不到即将升起的曙光,它像一条巨蟒，缠绕、勒索、挤压、汲空你……

12.

人来到这个世界简直就是活受罪，只不过有人受得长，有人受得短；有人受得舒服，有人受得极不舒服罢了。受谁之罪？受自己。受自己制造的罪，不是其他。

人一出世就是一个囚犯，无处不在的监禁，永远服役。刑满是最后的死亡。

13.

虚有时并不是绝对的无，“无”是另一种可怕的东西，很摄魂夺魄。当一个人一天天地蹈虚，把生命化作一缕青烟，化作一朵阴云，化作一场空无，但又说不上是空无，而是生命不以劳动的形式实现自己而以其他……那实在是太可怕了。

14.

在没有工作对象的日子里，我把自己当作了工作的对象，把折磨自己当作了目标。我知道生存无罪，劳动光荣，可是当我不能实现自己光荣的时候，我开始无端地恐惧，无端地做噩梦。生存压迫着我，疲倦、紧张、头痛、神经炸裂……

15.

电视对人也许是另一种海洛因，另一种毒品。它铺天盖地无处不在，比毒品更可怕。它改变人的属性、人的精神和意志。它是一种不见肉体消蚀的最残酷最顽固最野蛮最无耻的腐蚀剂。它把你高级黑。电视的好处是可以将痛苦的日子变得好过一些，使你过得就像浸泡在盛满福尔马林溶液的玻璃池子里在过，一具一具地漂浮，很重你却感到很轻很轻很享受；同时它又是一种高腐硫酸，不让你知你也无知，让你乐意接受、不排斥、毫无痛苦，把你泡没了你还叫好；就像一个魔鬼，把你的血汲空髓汲空了，仅存一张人皮了，你还叫好。只要你长期看电视看这种被审查被删除被指令（规定受众只能接受这种不能接受那种）的电视，你就会面目全非，你就会被泡软，泡淡，泡去你的灵魂和思想，泡去你的深度和力度，泡去你的文化根性；并将你的一切有效时间全泡走，让你后悔莫及、欲哭无泪；最后把你变成无灵人变成什么也不是……只要你一集一集地看，很多很重要很有价值很紧迫的事就会在一集又一集的电视中慢下来，让它泡软、变味、消亡、遁空。

16.

对我来说，现实是一场噩梦，故乡是另一场噩梦。故乡的噩梦，一直跟踪我追击我，我到昆明它到昆明，我到北京它到北京。它无限存在，一直埋葬。

17.

荒诞的情感跟其他情感是不一样的。如果说其他情感有如醉酒的话，那么荒诞感则有如醉烟。人醉酒之后，还有解；可人醉烟之后，无解。醉烟之后，往往胸闷头昏，就像被毒气呛过的鱼，恨不得将头割下来。实在是难受，想呕呕不出，不呕又想呕……年少时，我就染上了荒诞“症”（又极忧郁），几经大师治疗，病情非但毫无减轻，反而像得了加持，一天重似一天。已断了新生的渴望。我的实验中篇《人在芈地》《第六种昏暗》《白棺》《我怕你看见我冰凉的眼睛》，见证了这一时期的感受。

18.

荒诞感也许是一种警觉，是对生命悄然蒸发、异化、虚无的一种警觉。荒诞可怕，走向并成为荒诞没有感觉的人则更可怕。

19.

在空气中，我早已触摸到我的仙逝的父亲们的脸和胡须。

20.

还只是走到人生的“中午”，我就看见蚂蚁在人的白骨上跳舞。

21.

我吗？被食物所污染，被石头所折磨，被噩梦所埋葬。

22.

孩子有权利相信晴空下的叫喊，于是孩子按捺不住内心的渴望，摆脱了牢笼般的房间，摆脱了暴君式的父的房间，走到了太阳底下，走到了自由的世界里，走到了心花怒放的乐极之中。

23.

孩子，我所遭遇到的障碍，你也许会重新遇到；我跌过跤的地方，你也许会重新跌倒；那终生与我拼搏撕咬的、嗜血的魔鬼，也许会以同样的方式伏击你撕咬你并伴你成长……哦，你还那么小那么小！在成长的路上几乎没什么捷径可走。

24.

有时，睡眠与哈欠就提前到来，不到睡时便要睡了，刚刚起床，哈欠便来了，仿佛天色已晚，仿佛一道符咒的黄光穿透生命（这可能是“土地”长久地浸透于没有阳光的黑暗里的缘故吧）。

25.

那是昆明二环路上的一段往上升的引桥（是的，你好像要引体向上）。阳光灿烂，结冰的桥面雪亮，桥在东升的朝阳下放出一道道雪亮的金光，仿佛桥上天降祥瑞，犹如飞机升空后看到的祥云，汽车一辆接一辆地疾速地驶入雪云中，消逝在雪云背后的蓝天里……回到昆明斗室，我的心还在桥上，还在阳光的雪云中，我久久不能平静，我直觉这里一定有天意的存在。

2003.8 作

2017.3.18 修订

一个献祭者的低语[1]

一个诗人（或一个艺术家）其实就是那个始终走在危险的边缘上的人，始终走在死亡线上的人，始终走在午夜时间的临界点上的人，始终处在苦难中沉潜最深的人，始终将享受，将欢乐，将幸福，将荣誉，将一切光环抛弃在一边的人，始终背着自己十字架的谦卑和虔诚的人，永远将寂寞、将漫漫长夜留给自己，将旭日东升将美好的一天留给别人的人。——在自己的黑关中成就个人精神的不朽和永生。

你就像一个窑工，一个长期在漆黑的窑夜里烧制陶器的人。当一轮红日喷薄而出时，你已悄然睡去，人们看到的是窑池打开，精美的一刻闪现，而你永远沉潜在自己创造的黑暗（在黑暗的窑夜）中，不要出来，你最好不要表现。

1　2011年3月13日，应邀去北京三里屯南街书虫酒吧，参加了诗人王家新、西川、蓝蓝和几个外国诗人在“书虫国际文学节”的诗歌朗诵会。夜晚笔记。后来更动并增补。

当人们津津乐道于你的“烧”制出的“器皿”时，你不在现场，你缺席，而你却在自己的劳动中日夜兼程。

——你千万不要自以为是，不要招摇，不要膨胀，不要撒娇，更不要矫揉造作，不要搞“行为”。平实一点，平和一点，黯寂一点，谦卑一点。否则，完了。你会在一种人为的或自我生成的气态中，挥发或被蒸发掉的。

一个诗人（或一个作家）成名或出名不是重要的。重要的是生命的修炼和成色，以及自己的作品。生前不出名，没有机会出名，并不重要；死后出名，也许是最好的；或者死后也不出名，这也没有什么遗憾。如果有了这种淡泊名利的心态，这样你或可进入生命的谷地，彻底免俗，消除杂念，榨干自己，不致矫情，不致“功德圆满”；你可永匿自我于阙如中，永匿于自我的黑夜和黑暗中，永匿于自我的苦难中，永匿于自我的牺牲和献祭中，永久无名，永久岑寂，也永享安宁。一心一意写作，在黑关中写作，在白夜写作，在水井在乡村在驿站在荒原在小树林在茅店，在随便的一个地方在一个乱糟糟的环境里都可以写作；从此，你是一个在任何地方都可以写作的人，你是一个没有地方不可以写作的人，你是一个在任何地方都可以凭借写作见证上帝见证神性的人，你是可以从写作救赎自己，也救赎人类的人。你是一个写自己写他人写天地写神明写鬼怪什么都可以写的人。

为写作而献祭，为献祭而写作。

你应该赤裸。

裸心。

裸心地思考一切问题，就像人之初，像呱呱落地的那一刻，就像你的创世记，“空虚混沌，渊面黑暗”，你什么也没有，什么也不是，你不属于谁，谁也不属于你，你也不属于你自己。在那一刻，你是一个穷光蛋，穷到连一块承载你的文化布片也没有，光光的，光身一人。一无所有。你就回到这儿，回到这个原点，来思考问题，思考一切，看待一切，给一切命名。

你应该将自己彻底融化掉，把自己的肉身全部化作谦卑，化成爱，你的心要永远柔绵、悲悯，永不伤害万物和苍生。你不要有怨言，不要躁心，不要尘俗汹涌。你一定要用灵魂的颤栗和心中的温泉感动自己，再去感动别人。

用感动一座山的精神去感动一块石头，感动另一颗因受伤而结冰的心。

语言也许是一种最危险的事物，就像火。它的危险性在于它的柔刃无痕，它吸纳你吞没你孕育你又伤害你。那里有你的福音，同时也有你的未及刷上黑漆的白棺。

我是一个经常需要手电的人，我需要手电到黑暗中寻找亲人，寻找一本闪闪的书。

一个诗人在某些方面必须是面孔朝后的生灵，通往“遥远的时代”，通往“已然消亡的宗教和文化”，“骨子里始终是而且必然是遗民”（尼采语）。

一次看稿时，一位作家的语言再一次引起了我的警惕。那是一种精确、单一、透明的语言，就像机器的螺母和零配件，一个一个，各就各位。当然，这种语言也没有什么不好的，也没什么问题。但就是乏有点回味。我就想到了一种厚土式的不易被穿透的语言，而且这种语言很必要。

你的最后的对手不是别人，是你自己。搏斗到最后，清零，另一个我出现。你就只有跟自己搏斗，长久的——没有胜负。

2011.3 作

2017.4.18 修订

作家是以整个生命之血化为墨迹的阵痛

人物有时只不过是画面的转枢。比如，父亲明明给你洗脚，却突然抽出时间中的另一只手给你一巴掌;你正惊异，恍惚中，儿时的父亲却已老态龙钟，牙齿落光。

回忆的并不是抽象的时间，而是被生活过和被浸润的时间——物像时间。是物像成为了人的生命的时间。写作一种物像的词语就是写人，因为词语中有人存在的场和消失的祖先。写作是召唤它们降临。

过去，我也有“我们”，但更多的时候是“我”。现在“我”这个词逐渐发展成“我们”,为保存这个“我们”,“我们”中的每一个成员，“我”都要顾及。

自觉地把目光转移到人的视觉经验上，转移到境遇和无形的气压上。

写作中有这么几个原则很重要：直觉原则，幻觉原则，错觉原则，荒诞原则，怪圈原则，繁复空间原则，同构原则，互文原则，等等。

人的想象有一种美化的作用。它容易把一个未知的地方理想化或丑化。

作品往往是一个人极致化的产物，所以不必斤斤于生活的真实。艺术应将现实的残忍予以极形的夸张。

读，实质是一种形而上的迁异，移居到一个有别于现实的地方，哪怕子虚乌有。

幻觉小说一定要与现实有某种精神关联，而不是纯幻想、纯观念、纯子虚乌有。

一次写作也许是对生存或死亡的一次破译……

诗应是刻在骨头上的文字。人的存在应该比散文的状态更刻骨。因此，我忍住了这一文体的流畅，甚至忍住了岁月的空白。为之守身如玉……

夜晚，当我拧开笔帽把笔记打开，一盏灯便开始召唤那些流浪的词和词根。灯的黄霉素此刻开始发酵……

“作家是以整个生命之血化为墨迹的阵痛……”我欣赏诗人陈超这句。

夜里是岑寂的词语的元音与辅音苏醒时刻。一坐到灯下，就天籁浩荡，激奋，奔涌……那种神秘太诱人。

对于一个长期流浪的人来说，我只有一重浮动的土、一种浮动的故乡——无处不在并自然天成。漂泊成了我的一种内心生活，我没有真正意义的烟火安居。只有一种宿命的迁徙，驿站，流浪，漂泊，棚屋与操心。

有时我甚至需要听一些伤感的音乐，或看一些伤感的书，哪怕廉价。我需要它。我需要一种力（哪怕微不足道）击穿体内淤积的块垒。

传统语言的元叙事失效后，语言的真义开始复现，自转开始，自转带动公转。

写下就是全部。

是写作、是血液日夜搏动的手，完成了语言的自转和公转。而“叙他”是让世界之光从厚质的云朵、从它碱性的后面闪射耀眼。

在那些没有写作的日子里，你只可能将人的态度、人的极性和趋向，尽可能藏匿得深一些，不发一言，像一个老谋深算的政客。

所有的物像都在控诉。

突围是我一生的工作。关键是要寻找那个创口。

我主张用身体阅读，而不仅是眼睛。只有被体认的东西，只有读到血肉中并在血液里回应、循环或轮回的东西，才不可磨灭。

从眼睛到身体，得有一个时间的等待。用眼睛读好比刀叉试温，是对词语意义的一种理解，是懂得和明了；用身体阅读是一种认证，是一种体验对另一种体验的寻找，是一个孤魂对另一个孤魂的呼唤，是一个灵魂与另一个灵魂的对话。隔着一个世纪，或几个世纪，或十几个世纪的平等对话。

2000.5.8 作

2017.4.18 修订

图书在版编目（CIP）数据

猫的两个夜晚 / 黑丰著. — 北京 : 北京十月文艺出版社，2017.12

ISBN 978-7-5302-1742-9

Ⅰ. ①猫… Ⅱ. ①黑… Ⅲ. ①诗集—中国—当代 Ⅳ. ①I227

中国版本图书馆 CIP 数据核字 (2017) 第 242546 号

猫的两个夜晚

MAODE LIANGGE YEWAN

黑丰 著

出　　版　北京出版集团公司
　　　　　北京十月文艺出版社
地　　址　北京北三环中路 6 号
邮　　编　100120
网　　址　www.bph.com.cn
发　　行　新经典发行有限公司
　　　　　电话（010）68423599
经　　销　新华书店
印　　刷　北京盛通印刷股份有限公司
版　　次　2017 年 12 月第 1 版
　　　　　2017 年 12 月第 1 次印刷
开　　本　889 毫米 ×1194 毫米　1/32
印　　张　8
字　　数　130 千字
书　　号　ISBN 978-7-5302-1742-9
定　　价　36.00 元
质量监督电话　010-58572393
如有印装质量问题，由本社负责调换。